KB142588

달빛소녀와 진실의 문

청소년 판타지소설 십대들의 힐링캠프, 자아

[십대들의 힐링캠프®] 시리즈 NO.53

지은이 ㅣ 박기복
발행인 ㅣ 김경아

2022년 10월 2일 1판 1쇄 인쇄
2022년 10월 9일 1판 1쇄 발행

이 책을 만든 사람들
책임 기획 ㅣ 김경아
기획 ㅣ 김효정
북 디자인 ㅣ KHJ북디자인
표지 삽화 ㅣ 정지란
교정 교열 ㅣ 주경숙
경영 지원 ㅣ 홍종남

이 책을 함께 만든 사람들
종이 ㅣ 제이피씨 정동수 · 정충엽
제작 및 인쇄 ㅣ 천일문화사 유재상

청소년 기획위원
정가인, 양태훈, 양재욱

펴낸곳 ㅣ 행복한나무
출판등록 ㅣ 2007년 3월 7일. 제 2007-5호
주소 ㅣ 경기도 남양주시 도농로 34, 301동 301호(다산동, 플루리움)
전화 ㅣ 02) 322-3856 팩스 ㅣ 02) 322-3857
홈페이지 ㅣ www.ihappytree.com ㅣ bit.ly/happytree2007
도서 문의(출판사 e-mail) ㅣ e21chope@daum.net
내용 문의(지은이 e-mail) ㅣ yesreading@gmail.com
※ 이 책을 읽다가 궁금한 점이 있을 때는 지은이 e-mail을 이용해 주세요.

ⓒ 박기복, 2022
ISBN 979-11-88758-54-8
"행복한나무" 도서번호 : 155

달빛소녀와

MoonLight Girl

진실의 문

| 박기복 지음 |

나는 저주에 걸렸다

나는 거짓말이 보인다. 어떤 사람들은 상대가 하는 말이 거짓인지 진실인지를 직감한다고 하는데, 나는 그런 경우와 다르다. 정말 내 눈에 거짓말이 보인다. 말이 눈에 보이는 현상을 뭐라고 설명해야 할지 잘 모르겠다. 음악을 듣고 풍경이 떠오르거나, 냄새를 맡고 맛이 떠오르는 현상과 비슷하다고 하면 이해할 수 있을까? 그렇지만 내 능력은 여느 감각과는 결이 다르다. 보기 싫으면 눈을 감고, 듣기 싫으면 귀를 막고, 냄새를 맡기 싫으면 코를 막으면 되지만, 거짓말이 보이는 능력은 막으려고 해도 막지 못한다. 일단 누가 말을 하면 내 의지와 무관하게 그냥 보인다. 귀를 막아도 보이고, 눈을 감아도 보인다. 모른 척하고 싶어도 그럴 수가 없다.

태어났을 때부터 이런 능력이 있었는데, 내가 알아채지 못했는지는 모르겠다. 다만 거짓말이 보이던 첫 기억만은 뚜렷하다. 일곱 살 때였다. 2차선 시골 도로를 아빠와 둘이서 차를 타고 가던 중이었다. 전날 내린 눈이 도로 곳곳에 남아 얼어붙은 탓에 아빠는 평소 성격과 달리 차를 조심스럽게 몰았다. 날씨 때문인지 차들이 도로에 거의 없었다. 오르막길을 넘어서는데 우리 차 앞에 느리게 가는 유조차가 나타났다. 유조차가 하도 느리게 가서 내가 답답할 정도였으니, 성격이 급한 아빠는 더 답답했을 것이다.

　기회를 봐서 앞지르려고 했는데, 그때마다 반대 차선에서 차가 오는 바람에 앞지르지 못했다. 그렇게 서너 번 비슷한 일이 거듭되었다. 아빠는 조금 부아가 치미는지 인상을 썼다. 내가 없었으면 아마 욕도 했을 것이다. 얼마 후 아빠는 과감하게 앞지르기를 시도했다. 우리 차가 빠르게 반대 차선으로 넘어갔다. 그때 갑자기 차 한 대가 정면에서 달려들었다. 느닷없이 나타난 차였다. 화들짝 놀란 아빠는 운전대를 틀어서 원래 차선으로 돌아가려고 했다. 유조차를 아슬아슬하게 앞질러서 무사히 원래 차선으로 들어가나 했는데, 차가 갑자기 빙글 돌았다. 아마도 도로 한가운데에 어제 내린 눈이 얼어 있었던 모양이다. 차는 한 바퀴 빙글 돌더니 옆으로 기울어지며 넘어졌고, 그대로 도로 바깥으로 튕겨 나갔다. 안전벨트가 내 몸을 바짝 조임과 동시에 강한 충격이 내 몸을 때렸다. 차는 두 바퀴를 돌더니 멈췄다. 자동차 유리는 모조리 깨졌고, 차 지붕은 찌그러져서 내 머리를 살짝 누르고 있었다.

"괜찮니?"

아빠 손이 내 얼굴에 닿았다. 괜찮다고 말하려는데 입이 열리지 않았다. 찌그러진 지붕 때문에 고개를 끄덕일 수도 없었다. 아빠는 손을 움직여 내 안전벨트를 풀고 의자를 뒤로 살짝 뺐다.

"은별아! 안 다쳤니?"

아빠가 내 왼팔을 움켜쥐었다. 아팠다.

"잘 모르겠어요."

나는 힘겹게 대답했다.

"겁먹지 말고, 천천히 밖으로 나가자."

아빠가 문을 열고 나가는 모습을 보고 나도 문을 밀었다. 문이 열리지 않았다.

"아빠, 문이 안 열려요."

자동차 밖으로 먼저 빠져나온 아빠가 조수석 쪽으로 왔다. 깨진 유리창을 털어내고는 나를 안아서 밖으로 꺼냈다. 발이 땅에 닿는 감촉이 부드러워서 주변을 살펴보니 마른 풀이 가득했다. 차가 두 바퀴나 굴렀지만 풀밭이 충격을 흡수한 덕분에 그나마 크게 다치지 않은 듯했다.

"거기 괜찮아요?"

유조차 운전자와 반대편 차량 운전자가 뛰어오며 말했다.

"네! 괜찮습니다."

아빠가 손을 들며 말하는데 이상한 게 보였다. 기묘한 형상이었다.

공기가 일그러지고 바람이 부들부들 떨렸으며, 입술이 뒤틀렸다. 그 형상은 아빠 주변에만 나타났다. 이유는 모르지만 그게 허상이나 착시가 아니라는 확신이 들었다. 그리고 나는 알았다. 아빠가 지금 거짓말을 하고 있다는 걸.

아빠는 괜찮지 않았다. 아빠는 자신이 한 실수에 당황했으며, 내가 받은 충격을 걱정했고, 엄마에게 어떻게 변명해야 할지 골치 아파했다. 괜찮다는 말이 뒤틀리며 만들어낸 형상은 아빠가 꾸며낸 거짓말을 낱낱이 보여주었다.

"어! 이마에……."

어떤 사람이 손가락으로 나를 가리켰다.

"은별아!"

아빠가 소리쳤고, 나는 이마에서 뜨끈한 액체가 흘러내리는 걸 느꼈다. 피에 놀라서 그랬는지, 사고 충격이 뒤늦게 밀려와서 그랬는지는 모르지만 나는 갑자기 정신을 잃었다. 깨어났을 때 나는 병원에 있었다. 다행히 이마에 난 상처는 크지 않아서 가볍게 꿰매기만 했다. 며칠 뒤 병원에서 퇴원했고, 이마에 난 상처를 치료하려고 몇 번 더 병원에 갔다. 그런데 아무리 치료해도 이마에 생긴 상처가 아물지 않았다. 나중에 성형외과에서 최첨단 시술까지 받는데도 효과가 없었다. 치료받을 때는 아물었다가 시간이 지나면 상처가 다시 벌어졌다. 하는 수 없이 앞머리로 이마를 늘 가리고 다녀야만 했다.

어쨌든 그 뒤부터 나는 사람들이 하는 거짓말이 보였다. 처음에는 당황해서 안 보려고 눈을 다른 데로 돌리거나 꼭 감았지만 아무 소용 없었다. 소리를 듣지 않으려고 귀에 이어폰을 끼고, 노래를 크게 들어도 마찬가지였다.

상상할 수 있을까? 가까운 사람들이 거짓말을 입에 달고 사는 모습을 매일매일 지켜봐야 하는 삶, 깊이 신뢰하는 사람이 나를 아무렇지도 않게 속일 때마다 느껴야 하는 배신감!

그것은, 저주다.

종이배

붕대를 감은 팔뚝이 아릿아릿했다.

"언니, 나야! 그래, 은별이가 또……."

엄마는 깊은 한숨을 내쉬더니 뒷자리에 앉은 나를 힐끗 보았다.

"언니, 나, 이제, 못 견디겠어."

뚝뚝 끊어진 음절 사이로 절망이 스며들었다.

'그리 말하지 않아도 전 이미 알고 있답니다.'

엄마가 다시 나를 힐끗 쳐다봤다. 나는 모른 척하며 차창 밖으로 눈을 돌려버렸다. 엄마가 약봉지를 뒤로 툭 던졌다. 약봉지가 내 무릎에 맞더니 발 옆으로 떨어졌다. 나는 약봉지를 줍지 않고 그대로 두었다. 어차피 먹고 싶은 약도 아니고, 먹는다고 나을 아픔도 아니었다.

"알았어. 언니 말대로 할게. 그런데 형부는 괜찮대?"

엄마가 형부라고 부른다면 이모부다. 옛날에 본 이모부 얼굴을 떠올리려고 하는데 잘 생각나지 않았다. 아빠와는 결이 다른 사람 같다는 기억은 있는데, 그리 느낀 까닭이 무엇인지도 뚜렷하지 않았다.

"형부가 직접 그렇게 말했어?"

이번에도 엄마는 나와 아무런 상의도 없이 뭔지 모를 결정을 할 모양이다. 내가 이렇게 망가져 버린 순간까지도 엄마는 똑같다.

엄마는 무슨 결정을 하든 내 의견을 진지하게 물어본 적이 없다. 뭐든 엄마가 다 결정하고 나에게는 따르라고만 한다. 조금이라도 다른 의견을 낼 기미를 보이면 "다 너 좋으라고 하는데 왜 그러니?" 하면서 나를 눌러버린다. 나 좋으라고 한다는 말이 싫기는 하지만, 그나마 그 말이 진심이라면 괜찮았을 것이다. 절망스럽게도 그 말은 단 한 번도 진실인 적이 없었다. 지독한 썩은 내를 풍기는 거짓이었다.

"괜찮을까?"

엄마 말소리가 잿빛에 젖었다. 저 말조차 거짓이다. 보고 싶지 않은데 또 보인다. 눈을 창밖으로 돌려도, 눈을 꼭 감아도 보인다. 또다시 팔을 그어버리고 싶은 충동에 빠진다. 이 지독한 고통을 잠시나마 잊게 해줄 방법은 그것뿐이니까.

"일단 학교는 쉬기로 했어."

학교를 쉰다니 숨통이 열렸다. 이대로 다시 학교에 가면 아마 나는 내일 뜨는 해를 볼 수 없을지도 모른다.

차가 부르르 떨렸다. 자동차 엔진이 움직이는 소리가 들린다.

"고마워, 언니! 다시 연락할게."

고맙다는 말에서조차 옅은 거짓이 보인다. 끝없이 이어지는 거짓에 숨이 막힌다.

엄마와 이모는 무슨 이야기를 나눈 걸까? 나를 어떻게 하기로 한 걸까? 솔직히 관심도 없다. 엄마가 어떤 결정을 내리든 열심히 할 생각이 없다. 어디를 가라고 하면 가고, 뭘 하라고 하면 하겠지만, 그래 봤자 아무것도 바뀌지 않을 것이다. 내 삶이 조금이라도 더 나아지리라는 희망 따위는 버린 지 오래다. 나는 젖어서 더는 물에 뜰 수 없는 종이배다. 그 저주받은 능력이 생긴 뒤로 내 삶은 늘 엉망이었다. 이 저주가 풀리지 않는 한 내게 희망이란 없다.

차가 느릿하게 병원 주차장을 빠져나갔다. 차창을 열었다. 꽃샘추위가 몰고 온 사늘한 기운이 살갗을 파고들었다. 꽃샘추위가 물러가면 참 봄이 온다는데, 지금 겪는 일들이 내 삶에 찾아온 꽃샘추위라면 좋겠다. 빼앗긴 내 삶에도 봄이라는 계절이 찾아올까? 이 저주에서 벗어날 길은 진짜 없는 걸까?

차례

등장인물 소개

고은별   일곱 살 때 교통사고를 당한 후 거짓말이 보이는 능력이 생긴 소녀. 거짓말을 일삼는 부모와 친구들에게 큰 상처를 입고 사람을 불신하는 고통에 빠진다. 고통에서 벗어나기 위해 몸부림치다 결국 자해까지 하고 만다. 휴식을 위해 이모네로 보내졌는데, 그곳에서 신비한 미소년을 만나 낯선 사건에 휘말린다.

황련   꽃향기와 함께 고은별 앞에 나타난 미소년. 황금빛처럼 눈이 부시도록 아름다운 외모에 꽃을 자유자재로 다루는 능력을 지녔다. 한없이 따뜻하고 깨끗하지만 때로는 어둡고 탁한 기운을 풍기는 기묘한 존재다.

김효민   신비한 능력을 지닌 초인. '사냥꾼'이라고 불리는 집단에 속하며 황련을 붙잡으려고 한다.

김현과 권민지   외삼촌과 조카 사이. 사냥꾼 집단에 맞서 싸운다.

아나은   고은별에게 큰 상처를 준 옛날 친구.

삼식이   고은별의 이모가 키우는 고양이. 황련과 고은별을 이어주며, 비밀스러운 능력을 지녔다.

나를 부르는 꽃

01

나들목을 나온 차는 곧바로 오른편으로 돌았다. 머리는 텅 비어 아무 생각이 떠오르지 않았다. 이모부는 조용히 차를 몰았다. 괜히 이것저것 물어보지 않아서 좋았다. 연한 잎들을 달고 선 가로수 길이 끝나고 주유소, 식당, 편의점, 찻집이 줄줄이 지나갔다. 지루하고 삭막한 풍경에 지쳐 깜박 잠이 들었다.

'은별아.'

나를 부르는 소리가 들렸다.

'은별아, 눈을 떠!'

처음에는 이모부가 나를 깨우는 줄 알았다.

'은별아, 너를 위한 선물이야. 눈을 떠보렴!'

이모부 목소리가 아니었다.

차창에 기댄 채 실눈을 떴다. 눈 안 가득 흰빛이 쏟아져 들어왔다. 흰 솜사탕을 머금은 나무들이 길가에 나란히 서서 나를 맞이했다. 양팔을 활짝 벌린 나무들이 피워낸 꽃 무더기가 하늘을 가리며 꽃 동굴을 빚어냈다. 바람이 불 때마다 나무 구름에서 떨어지는 흰 눈송이는 지금이 봄이 아니라 겨울이라는 착각마저 들게 했다. 맑은 물이 흐르는 개천에서 노니는 새들이 흰 날개를 펴고 날아오르면, 흰 꽃과 흰 날개가 한 덩어리가 되어 뭉게구름처럼 춤을 추었다.

차를 타고 가는 내내 벚꽃 길이 끊이지 않았다. 개천에는 마른 갈대숲이 바람에 흔들리며 반갑게 손짓했다. 갈댓잎 사이로 이제 막 잎을 내민 풀들이 기지개를 켰다. 냇물은 뒤뚱뒤뚱 몸을 비틀며 느릿느릿 걸어갔다. 개울은 거울이 되어 하늘에 흐르는 구름과 강둑에서 하늘거리는 개나리꽃을 담아냈다. 하얀 새 서너 마리가 가느다란 다리와 긴 목을 자랑하며 한가롭게 개울물을 거닐었다. 강둑 너머로는 봄 햇살을 받으며 늘어선 전원주택들이 꿈을 이룬 도시민처럼 잘난 척하며 제 풍채를 뽐냈다.

더할 나위 없이 아름다운 벚꽃 길이었지만 아름다움을 느낄 만한 감성은 내게 없었다.

'내 선물이 마음에 안 드나 보네?'

아쉬움이 진하게 묻어나는 질문이었다.

"네? 뭐라고 하셨어요?"

나는 퍼뜩 정신을 차리고 이모부에게 물었다.

"벚꽃이 활짝 필 때 오면 좋았을 텐데, 꽃이 다 져서 아쉽다고."

한겨울에 소복소복 쌓인 눈보다 하얗게 빛나는 벚꽃 길을 달리면서 이모부는 엉뚱한 소리를 했다.

"이게, 벚꽃이 진 거라고요?"

내 말을 듣더니 이모부가 나를 흘깃 살폈다.

"너, 괜찮니? 꿈이라도 꿨어?"

나는 꿈을 꾸지 않았다. 분명히 깨어 있었다. 다시 봐도 흰 꽃잎이 가득한 길밖에 보이지 않았다. 무엇보다 이모부는 거짓말을 하고 있지 않았다. 도대체 어찌 된 일인지 알 수 없는 노릇이었다.

'너한테만 주는 선물이야.'

또다시 목소리가 들렸다.

내 정신은 말짱했고, 이모부는 앞만 보며 운전했다. 몸을 곧추세우고 주변을 두리번거렸다. 내게 말을 걸 사람은 없었다. 휴대전화는 집에 두고 왔으니 전화기에서 나오는 소리도 아니다. 이제 환청까지 들리는 걸까? 이모부는 벚꽃이 다 졌다고 하는데, 내 눈에 보이는 저 화려한 벚꽃은 다 뭐란 말인가? 내 정신에 또 다른 이상이라도 생긴 걸까? 저주가 오래되더니 드디어 내가 미쳐버리기라도 한 걸까? 덜컥 겁이 났다. 얼른 눈을 감았다. 귀도 막았다.

이모부가 운전하는 차가 크게 흔들리는 느낌이 들어서 조심스럽게 눈을 떴다. 자동차는 오르막길을 조금 올라 나무 울타리를 예쁘게 두른 전원주택 주차장에 멈춰 섰다. 밤빛을 닮은 지붕에 진한 회색과 짙은 푸른빛을 두른 전원주택이었다. 정원과 마당, 텃밭과 나무들이 어우러진 분위기가 아담하고 소박했다. 나무 빛깔을 그대로 살린 울타리 사이로 작은 나무들과 꽃들이 고개를 내밀었다. 잔디는 심은 지 얼마 되지 않은 듯 군데군데 흙이 보였고, 현관까지 가는 길은 붉은 벽돌이 깔려 있었다.

나는 맨몸으로 내렸고 이모부가 내 짐을 챙겼다. 현관은 초록색이었다. 올록볼록한 유리와 기하학무늬가 독특함을 뽐냈다.

"네 사촌오빠가 고른 대문이야. 안내 책자를 보자마자 이 문을 골랐어."

사촌오빠를 몇 번 봤었다. 이모부보다는 이모를 더 닮았고, 나와 달리 자기 빛깔로 살아가는 오빠였다. 초록 문을 열고 들어서자 미닫이문이 나타났다. 신발을 벗고 미닫이문을 열었다. 연한 아이보리빛 벽지가 포근하게 나를 맞이했다.

"야~옹."

"어머!"

노랑에 흰빛이 섞인 고양이였다. 고양이는 내 다리에 몸을 비비며 순박한 눈빛으로 나를 반겼다. 허리를 숙여 고양이 머리를 쓰다듬었다. 고양이는 머리를 슬쩍 비틀며 내 손길을 받아들였다.

"어머, 어쩜 이렇게 사람을 잘 따라요?"

"쟤가 처음부터 저랬어. 내가 길에서 만났는데, 처음 본 나한테 애교를 부리며 안기지 뭐야. 내 품에 안긴 애를 차마 떨치지 못해서 그냥 데려왔어.”

“이름이 뭐예요?”

“삼식이.”

“삼식이요?”

피식 웃음이 나왔다. 무릎을 꿇고 삼식이를 쓰다듬었다. 털이 참 부드러웠다. 삼식이는 갸르릉거리며 내게 안겨 왔다. 두 팔로 삼식이를 살며시 껴안았다. 내 어깨를 짓누르던 긴장이 조금은 녹아내리는 것 같았다.

삼식이를 들어 올리려는데 조금 무거웠다. 내가 끙끙대니 이모부가 낄낄거렸다.

“하하하, 삼식이가 조금 살이 쪘어. 됨됨이가 느긋해서 운동을 잘 안 해. 어찌나 느리고 잠을 많이 자는지. 더 살찌면 안 되는데 걱정이야.”

힘을 줘서 삼식이를 안아 들었다. 배는 등보다 더 부드러웠다.

“뱃살이 좀 있지?”

“히히, 네.”

“서 있는 모습을 보면 뱃살이 더 처져 보일 거야. 그래서 우린 ‘뱃살 삼식 선생’이라고 불러.”

외삼촌이 깔깔 웃었다. 웃음이 참 맑았다.

삼식이는 배가 하늘로 드러나게 몸을 틀더니 갸르릉거렸다.

'참 좋다!'

이런 느낌이 얼마 만인지 모르겠다. 오래오래 삼식이를 껴안고서 기쁨을 즐기고 싶었다. 그렇지만 팔이 아팠다. 내 팔은 뱃살 삼식 선생을 오래 안고 버틸 만한 힘도 없었다. 내가 힘들어하는 낌새를 이모부도 알아차렸나 보다.

"삼식아, 누나 이제 쉬어야 해."

삼식이는 이모부를 쓱 보더니 내 품에서 폴짝 뛰어내려 2층 계단으로 올라갔다. 계단을 오르는 삼식이 엉덩이가 뒤뚱뒤뚱 흔들렸다. 나도 저렇게 느긋하게 지낼 수 있다면 얼마나 좋을까? 나도 삼식이처럼 살고 싶었다.

팔은 좀 아파도 더 안고 있고 싶었는데, 삼식이가 품에서 벗어나서 몹시 아쉬웠다. 그렇지만 같은 집에 있으니 언제든지 안을 수 있다는 희망에 저절로 웃음이 피어났다. 삼식이 때문에 벌써 세 번이나 웃었다. 지난 일 년 동안에 웃은 것보다 더 많이 웃었다.

어릴 때부터 고양이를 키우고 싶었지만, 엄마는 이런저런 핑계를 대며 내 뜻을 받아주지 않았다. 한번은 고양이를 입양할 뻔한 적도 있었다. 엄마는 그 당시 내 실력으로는 불가능한 성적을 내걸고는, 그 성적을 받으면 고양이를 데려오겠다고 약속했다. 엄마 머리 위로 검은 연기가 피어올랐다. 거짓말이라는 신호였지만 나는 애써 그걸 무시했다. 엄마 말을 믿고 싶었다. 지금은 거짓말이지만 자기 입으로 말했으니 혹시나 지킬지도 모른다고 기대했다. 오랫동안 바라온 꿈을 이룰지도 모른다는 실낱같은 희망이, 뻔한 거짓말을 모른 척하도록 만들었다. 작은 기대를 품은 나는 온 힘을 쏟아부었고, 불가능해 보이던 그 성적을 기적처럼 이루었다.

그렇지만 엄마는 슬쩍 말을 바꿔버렸다. 점수는 올랐어도 등수가 하나 모자란다면서 약속을 지키지 않았다. 나는 따지지 않았다. 엄마는 처음부터 약속을 지킬 마음이 없었다. 앞으로도 내 소원을 들어줄 가능성은 없었다. 거짓말이라는 걸 눈으로 봤으면서도 또 속은 내가 바보였다. 그 뒤로 다시는 고양이를 원한다는 말을 꺼내지 않았다. 나중에 혼자 살게 되면 꼭 고양이를 키우겠다고 몰래 다짐할 뿐이었다.

"먼 길 오느라 힘들었는데 이제 쉬어야지. 저기가 네가 머물 방이야."

흰 문을 열고 들어가자 오렌지빛 벽지가 나를 맞이했다. 색이 튀면서도 아늑했다. 문 옆에는 흰 붙박이장이 있고, 그 옆에 피아노, 피아노 옆에는 LP 플레이어, LP 플레이어 옆에는 스탠드가 자리했고, 벽에는 사촌오빠가 직접 그린 듯한 그림이 몇 점 걸려 있었다. 침대는 낮고 길었다. 산 게 아니라 손으로 만든 침대였다.

"아들이 쓰던 방인데, 해외여행을 가서 오랫동안 안 돌아올 거야. 허락받았으니까 마음 놓고 지내."

허락이라는 낱말이 낯설었다. 엄마와 아빠는 단 한 번도 나에게 허락을 구한 적이 없었다. 언제나 일방통보였다. 나는 명령에 따라야만 하는 아랫사람이지, 배려하고 존중해야 할 가족이 아니었다.

짐을 풀고, 옷을 갈아입고, 씻고 나와서 이모부가 차려준 밥을 먹었다. 배는 고팠지만 먹고 싶은 마음이 별로 없어서 몇 숟갈만 뜨고 일어났다. 이모부는 상을 치우고 설거지를 하더니 출근복으로 갈아입었다. 남자가 자기 집에서 요리하고 설거지하는 모습을 화면에서만 봤지 실제로 보는 건 처음이었다. 이것저것 낯선 것투성이였다.

"나는 이 시간에 출근해서 늦은 밤에 와. 이모는 여섯 시까지 작은 도서관에서 일하다 올 거야. 그때 이모랑 같이 저녁 먹어. 푹 쉬고, 이따 보자."

이모부가 나가고 나는 다시 방으로 돌아왔다. 졸려서 침대에 누웠다. 뒤척이지도 않고 바로 잠이 들었다.

문이 열리는 소리가 들렸다.

"왔어?"

"응!"

"야~옹."

"오, 뱃살 삼식 선생! 잘 지냈어?"

"야~~옹."

"아이고 귀여운 내 새끼. 그나저나 은별이는 저녁밥 잘 먹었어?"

"아니, 내가 퇴근했을 때도 자더니 지금까지 쭉 자네."

"그래?"

"엄청 지쳤나 봐."

"어휴, 애가 삼식이도 제대로 안고 있지 못하더라고."

"그래서 우리 집에 와서 쉬는 거잖아."

"애가 저 지경이 되도록 처제는 뭘 한 건지……."

"일부러 그랬겠어."

"은별이가 어릴 때부터 지나치게 욕심을 내더니……."

"그만해. 걔도 많이 힘들어하니까."

말소리가 끊겼다. 다시 잠이 쏟아졌다. 끝도 없이 자고 싶었다.

빗소리에 눈이 떠졌다.

후두두두두둑!

봄비치고는 꽤 많은 비가 내렸다. 바람도 세찬지 나무 흔들리는 소
리가 크게 들렸다. 몸을 일으키고 싶었지만, 내 몸이 내 뜻대로 움직여
지지 않았다. 커다란 돌덩어리에 깔린 듯 숨이 막히고 몸이 짓눌렸다.
다시 눈이 감겼다.

'은별아…….'

나를 부르는 소리가 꿈결에 들렸다.

'은별아.'

꿈이라고 여겼다.

'은별아!'

목소리가 들린다. 뚜렷하게 들린다. 귀가 엉뚱한 짓을 벌여 환청을

만든 게 아니라면 분명히 집 밖에서 들려오는 소리다. 낮에 들었던 바로 그 목소리였다. 멀고 깊은 데서 나는 목소리였다. 아니 수백 년 전 어느 날에서 들려오는 느낌이었다. 왜 그런 느낌이 드는지 모르겠지만 시간과 공간을 벗어난 소리 같았다.

가만히 눈을 떴다. 아니, 눈을 떴다고 느꼈다. 빛 한 줌 없는 캄캄한 어둠이었다. 도시에 있는 우리 집에선 늘 빛이 넘친다. 새벽녘에도 빛이 사라진 적은 없었다. 빛은 밤에도 그림자를 드리우며 따라다녔다. 이 집은 달랐다. 빛이 한 움큼도 없었다. 온전한 어둠이었다. 내 몸이 만들어낸 윤곽선도 보이지 않았다. 또다시 낯선 상황이었다. 몸을 일으키려고 했지만 꿈쩍도 안 했다. 손끝 하나 움직이기 힘들었다.

'은별아, 일어나 봐!'

또다시 깊고 먼 데서 나를 부르는 소리가 들렸다.

'눈을 뜰 시간이야!'

나도 눈을 뜨고 싶었다. 눈을 뜨고 새롭게 살고 싶었다.

'은별아! 나에게 와!'

'나도 가고 싶어. 그렇지만 움직일 힘이 없어.'

눈꺼풀이 바위보다 무거웠다. 눈을 감았다. 나를 부르는 소리가 끊임없이 들렸지만 더는 귀 기울여 들을 힘이 없었다. 얼마나 지났을까. 시나브로 다시 잠이 들었다.

눈을 떴다. 잿빛 블라인드 뒤로 흰빛이 퍼졌다. 블라인드를 올렸다.

이른 아침인지 늦은 오후인지 잠깐 헷갈렸다. 창문을 열었다. 맑은 공기가 폐 깊숙이 들어왔다. 내 몸 구석구석으로 맑은 기운을 보냈다. 새로운 기운이 몸 안에 쌓인 찌꺼기를 밖으로 찔끔 밀어냈다.

"와!"

어제 올 때는 미처 알지 못했는데, 집에서 내다본 풍경이 눈부셨다. 산은 높지도 낮지도 않았다. 풍경 중 반은 산이요, 반은 하늘이었다. 왼편에서 오른편으로 길게 늘어선 산자락은 하늘빛을 쓰다듬듯이 이어지고, 산에는 연둣빛이 넘실댔다. 겨울을 버틴 진한 초록과 봄을 맞아 올라온 연두, 그리고 산벚꽃이 지어낸 연분홍이 어우러져 신나는 잔치를 벌였다. 잔치판 위로 아기 구름이 앞서가 버린 엄마 구름을 뒤쫓아 허겁지겁 달렸다. 하얀 구름과 벚꽃이 서로 작별 인사를 하며 멀어졌다.

하얀 새도 왼편에서 오른편으로 산을 가로지르며 날아갔다. 흰 날개를 휘휘 저으며 나는 새는 아침에 맞이한 풍경을 환상으로 이끌었다. 이 세상 풍경이 아닌 듯했다. 꿈을 꾸다 낯선 세계에 빨려 들어간 걸까? 내가 아직 꿈을 꾸는 걸까? 머리를 흔들었다. 방을 돌아보았다. 오렌지빛 벽지가 따스하게 나를 감쌌다. 현실이다. 환상이 아니다. 꿈이 아니라니 반가웠다. 몸이 조금은 가벼워졌다. 무엇보다 내가 이런 풍경을 보며 아름다움을 느낀다는 사실이 놀라웠다. 모래사막에서 증발하는 물처럼 내 감수성은 모조리 말라버린 줄 알았기 때문이다. 간밤에 내게 무슨 일이 생긴 걸까?

"똑똑."

"일어났니?"

이모였다.

"네."

문이 열리고 맑은 웃음이 나를 반겼다. 이모 손에 들린 향긋한 내음이 푸석해진 살갗을 어루만졌다.

"어쩜 그렇게 오래 자니?"

나는 어색하게 웃었다.

"모과로 우려낸 효소야."

코를 간질이는 향기가 맑아진 몸을 조금 더 가볍게 만들었다. 이렇게 가벼운 느낌이 들어본 적이 언제였지? 모든 감정이 낯설었다. 가벼움, 웃음, 감탄, 따뜻함 등 오래도록 잃었던 감정들이 되돌아왔다.

효소는 향기만큼 달콤했다. 입으로 들어간 효소는 입안을 간질이고 목을 감싼 뒤 배를 어루만졌다. 효소를 마시자 아침 풍경으로 들뜬 기운이 차분히 가라앉았다.

"여기, 참 예뻐요."

이모는 내 눈길을 따라 창밖을 내다봤다.

"예쁘지. 이렇게 예쁜 곳에 살게 해줘서 이모부에게 늘 고마워하고 있어."

"이모부가 돈이 많나 봐요?"

이런 덜떨어진 질문을 하고 싶지는 않았는데……. 아무래도 나는 오염된 도시에 찌든 속물인가 보다.

"돈이 많기는 무슨! 오래전부터 이모부는 전원주택에 사는 게 꿈이었대. 힘들게 일해서 돈을 모으고 땅을 사더니 드디어 작년에 집을 지었지. 나와 달리 이모부는 끈기가 대단해. 그 덕분에 이렇게 좋은 집에서 살게 됐어. 참 고마운 사람이야."

이모가 맑게 웃었다. 거짓이라고는 한 점도 없는 새하얀 웃음이었다. 이런 맑은 마음을 접해본 지가 언제인지 기억나지 않았다.

"이모부는 어디 갔어요?"

"아마 밖에서 일할걸. 정원을 꾸민 지 얼마 안 돼서 부지런히 가꿔야 하거든. 텃밭도 돌봐야 하고. 풀은 어찌나 잘 자라는지 하루만 내버려 둬도 곳곳에서 풀이 고개를 내밀어."

창문 너머에서 이모부를 찾았지만 보이지 않았다. 내가 있는 방 창문에서는 보이지 않는 곳에서 일하는 모양이었다. 이모부를 보러 밖으로 나가고 싶었지만 그럴 기운이 없었다. 유리잔 같은 내 몸은 아침 공기조차 버거웠다.

"씻고 나와. 아침 먹자."

이모가 잔을 들고 나가며 말했다.

가볍게 씻고 나오니 때마침 이모부가 들어왔다. 소박한 반찬과 국이 놓인 아침 밥상에 앉았다. 냄새도 좋고 빛깔도 훌륭해서 먹음직스러웠다. 이모부와 이모는 맛있게 먹는데, 나는 별로 먹지 못했다. 이모가 차린 정성을 생각해 어떻게든 먹어보려 해도 몸이 받아들이지 못

했다. 많이 먹지는 못했지만, 두 분이 다 드실 때까지 자리에 가만히
앉아서 기다렸다.

"잘 먹었습니다."

"맛이 별로 없니?"

이모가 걱정스럽게 물었다.

"아니에요. 제가 아침을 안 먹어 버릇해서 많이 못 먹어요. 맛은 끝
내줬어요."

나는 일부러 이를 보이며 웃었다.

이모가 출근하자 이모부는 2층 서재에 머물렀다. 나는 아랫방에서
쉬었는데 다시 졸음이 밀려왔다. 그렇게 많이 잤는데도 또 졸리다니
알다가도 모를 일이었다. 밀려드는 잠을 밀쳐내고 싶지 않았다. 그냥
잠에 몸을 맡기고 싶었다. 이불을 덮고 눈을 감자 곧바로 잠에 빠져들
었다.

"은별아! 우리 고기 먹으러 가자."

"야~옹."

이모부와 삼식이가 방 밖에서 부르는 소리에 깼다. 부스스한 눈으
로 방문을 열었다.

"고기 먹으러 가자."

"고기요?"

"그래, 고기! 아무래도 네 몸이 안 좋아 보여서 말이야."

고기 한 번 먹는다고 좋아질 몸이 아니었다. 뜬금없는 제안에 어떻게 답해야 할지 몰라 망설이는데 이모부가 내 마음을 잡아끌었다.

"오늘 갈 곳은 고기도 맛있지만 풍경이 진짜 끝내줘. 아마 평생 잊지 못할걸."

방에서 바라본 풍경보다 더 멋지다면 가볼 만하다. 얼굴을 대충 씻고, 방으로 들어가 갈아입을 옷을 고르다가 그만두었다. 자면서 입던 옷 그대로 나가기로 했다. 이곳에서는 굳이 내 겉모습을 꾸미고 다닐 까닭이 없었다. 내 모습을 있는 그대로 드러내도 뭐라고 할 사람이 아무도 없었다. 나를 아는 사람은 이모와 이모부뿐인 곳이다. 다른 사람 눈치 보느라 힘들고 괴로웠는데, 이곳까지 와서 나를 그럴듯하게 꾸미는 데 공들이고 싶지 않았다.

이모부가 가려는 곳은 집에서 얼마 멀지 않았다. 차에서 내리는데 바람이 휘이익 스치며 지나갔다. 벚나무 꽃잎과 향기를 품은 흰빛 바람이었다. 그곳에서 내가 마주한 풍경은 이모부 말처럼 평생 잊지 못할 만큼 아름다웠다.

"다른 데 꽃이 다 진 후에도 이곳은 벚꽃과 개나리가 가득해. 참 이상한 곳이야."

이모부 말대로 바로 옆 개울가에 나란히 선 벚나무에는 거의 꽃이 남아 있지 않았다. 그런데 바위 언덕 아래 벚나무에는 흰빛이 넘쳤고, 그 틈새를 노란 개나리가 가득 채우고 있었다. 아담한 건물 뒤로 치솟은 바위 언덕은 벚꽃과 개나리뿐만 아니라 온갖 꽃이 어우러져 빛났다. 한 걸음씩 내딛자 바람이 불 때마다 흩날리는 하얀 벚꽃 잎이 안개 속을 거니는 천사 같은 기분에 젖어 들게 했다. 아름다움이 극에 달하다 보니 예쁘다는 말조차 나오지 않았다. 더 멋진 말로 감탄하고 싶은데 적당한 낱말을 고를 수 없었다. 이 놀라운 아름다움이 달아날지도 모른다는 걱정에 감탄조차 함부로 하지 못했다. 바위 언덕 쪽으로 느리게 걷는데 작은 연못에 노란 꽃이 한가득 피어 있었다.

"어, 황련이 벌써 피었네? 황련은 7월쯤에나 피는데."

물기를 머금은 연노랑 꽃잎을 겹겹이 두르고, 진노랑 수술이 올리는 찬사를 받으며, 원뿔을 뒤집어 놓은 듯한 암술이 고고한 자태를 뽐냈다.

"연꽃 중에서도 황련은 참 보기 귀한데, 더구나 7월도 아니고 4월에 피다니 신기하네."

이모부는 연신 고개를 갸웃하며 화려하게 핀 황련에서 눈을 떼지 못했다. 황련은 자신에게 쏟아지는 시선을 즐기며 예쁜 몸매를 마음껏 자랑했다.

황련 연못을 지나 건물 뒤로 난 길을 걸었다. 흩날리는 꽃눈을 맞으며 벚꽃 잎이 수북하게 쌓인 꽃길을 걸었다. 야트막하게 고인 물 위로 눈꽃이 떠다니며 빙글빙글 춤을 추었다. 걷다 보니 개나리가 우거진 길이 나타났다. 개나리 위로 벚꽃 잎이 살포시 떨어지고 있었다. 노랑과 하양이 빚어내는 빛깔에 가슴마저 연노랑으로 물들었다.

꽃 숲길을 걷는 사람들은 풍경을 찬미하는 감탄사를 연신 쏟아냈다. 다들 휴대전화를 들고 사진을 찍느라 정신이 없었다. 이모부는 사진을 찍지 않았다. 나는 휴대전화를 엄마 집에 두고 와서 사진을 찍고 싶어도 찍을 수 없었다. 그 덕분에 온전히 풍경을 누렸다. 바람이 빚어낸 소리, 하늘이 지어낸 흔들림, 물결치듯 일렁이는 꽃잎을 있는 그대로 만끽했다. 이런 느낌이 다시 내게 찾아오다니 기적이었다.

굽이굽이 이어지던 좁은 길은 바위 앞에서 멈췄다. 하늘로 치솟은 바위는 아름다운 길을 더는 허용하지 않았다.

'이런 길이 끝없이 이어진다면 얼마나 좋을까?'

아쉬움에 젖어 길을 막은 바위를 쓰다듬었다. 그런데 촉감이 이상했다. 바위를 만졌는데 전해지는 감각은 바위가 아니었다. 옛날에 만져본 듯한 촉감인데, 정확히 언제였는지도 떠오르지 않았다. 기억을 뒤적이며 바위를 더듬자 익숙하면서도 낯선 기운이 손끝을 타고 들어오더니 빠르게 이마로 옮겨 갔다. 이마에서 강렬한 힘이 소용돌이쳤다. 이마에 난 상처가 찢어질 듯 아팠다. 화들짝 놀라서 바위에서 얼른 손을 뗐다. 손을 떼자마자 고통은 사라졌지만, 충격은 바로 가시지 않았다. 끈적끈적하게 나를 따라다니던 괴로움이 다시 지독한 독기를 뿜어냈다. 잠시 빛과 향기에 젖었던 내 몸은 익숙한 어둠과 악취로 빠르게 되돌아갔다. 오래된 익숙함이었다.

고기 맛은 괜찮았다. 창을 채운 풍경도 괜찮았다. 다만 내 몸은 괜찮지 않았다. 이모부 정성을 생각해서 맛있게 먹고 싶었지만, 의지와 몸이 따로 놀았다. 나를 위해 고기를 사주는 이모부에게 죄송해도 어쩔 수 없었다. 다행히 이모부는 엄마처럼 간섭하려 들지 않았다. 이모부 혼자서 신나게 이야기하고, 환하게 웃으며 맛있게 식사를 즐겼다. 강요도 간섭도 없어서 편했다. 거짓 없는 대화가 반가우면서도 한편으로는 몹시 낯설었다.

집에 와서는 또다시 잠에 빠져들었다. 잠귀신이라도 붙은 모양이었다. 그날도 이모가 저녁밥을 차릴 때까지 잤고, 밥을 먹은 뒤에 삼식이를 안고 쓰다듬다가 다시 잠에 빠졌다. 그렇게 나는 몇 날 며칠을 틈만 나면 잤다. 그동안 못 잔 잠을 한꺼번에 모조리 채우려는 듯 미친 듯이 잠에 빠져들었다. 날이 어떻게 가는지도 몰랐고, 무슨 요일인지도 알지 못했다. 알아야 할 까닭도 없었다. 나는 해야 할 일도 없었고, 익혀야 할 공부도 없었고, 눈치 볼 사람도 없었다.

깨어 있을 때는 먹고, 화장실 가고, 가끔 씻고, 종종 삼식이와 노는 게 전부였다. 삼식이와 놀 때가 가장 즐거웠다. 삼식이는 참 정이 많았다. 부르면 와서 안겼다. 꼭 안고 자고 싶은데 이모와 이모부가 말렸다. 삼식이는 내 방엔 출입금지였는데, 사촌오빠가 방을 내주면서 내건 조건이라고 했다. 아들과 한 약속을 끝까지 지켜주는 이모와 이모부에게 믿음이 갔다.

엄마는 그러지 않았다. 엄마는 내가 약속을 안 지킨다고 툭하면 야단치면서, 나와 한 약속은 아무렇지도 않게 어겼다. 아빠도 마찬가지였다. 엄마와 아빠는 거짓 약속을 자주 했다. 약속할 때는 진심이었다가 도중에 바뀌는 경우도 많았다. 왜 마음이 바뀌었는지 알고 싶었지만 솔직한 설명을 들어본 적은 없었다. 그래서 나는 약속을 믿지 않았다. 엄마 아빠가 한 약속뿐 아니라 선생님, 친구들이 내뱉는 약속도 믿지 않았다. 약속하는 순간에는 진심이라 해도, 그 약속을 끝까지 지키리라는 믿음 따위는 없었다. 불신은 나를 끊임없이 괴롭히는 검은 그림자였고, 내 삶을 절망에 빠뜨리는 원흉이었다.

밤늦은 시간에 퇴근하는 이모부는 거의 날마다 나를 위한 간식을 사 왔다.

"어휴, 당신 때문에 나만 살찌잖아."

이모는 맛있게 먹으면서도 이모부를 구박하는 말을 잊지 않았다. 구박하면서도 간식은 손에서 놓지 않는다.

"살찌면 당신 책임이야."

"알았어. 내 책임이니 맛있게 먹기나 해."

이모부는 그러면서 깔깔깔 웃었다.

그런 분위기에서 나도 맛있게 먹으면 좋을 텐데, 내 몸은 내 뜻을 받아들이지 않았다. 조금만 먹어도 속이 부대끼고 손목에 난 상처가 아렸다. 내게 생채기를 입힌 검은 얼굴들이 음식을 받아들이지 못하게 했다. 속이 쓰릴 때마다 손목을 만지는데, 그럴 때마다 아직도 핏물이 흐르는 것 같았다. 말로 할 때는 귀담아듣지 않고 나를 몰아붙이던 얼굴들은, 징글징글한 핏물을 뒤집어쓴 내 얼굴을 본 후에야 화들짝 놀라는 척했다. 나는 검은 얼굴들이 치가 떨리게 싫었다. 내 가까이에서 가까움을 무기로, 나를 후벼 판 검은 얼굴들이 끔찍하게 싫었다. 그중에서도 내 얼굴이 가장 싫었다.

어느 날 밤, 말 그대로 날짜도 요일도 알 수 없는 어느 날 밤이었다. 사방에 빛이라고는 찾아보기 힘든 한밤중이었다. 자다가 갑자기 깼다. 블라인드를 올렸는데 밖이 어두웠다. 어둠에 잠긴 바깥 풍경을 가만히 바라보았다. 몇몇 불빛이 반짝였지만 어둠이 지닌 힘을 밀어내지는 못했다. 산 아래 자리한 작은 마을이 마치 옛이야기에 나오는 동화 속 풍경처럼 따뜻했다.

잠시 어둠이 가득한 산과 마을에 빠져들었다가 다시 침대에 누웠다. 눈을 감았는데도 잠이 오지 않았다. 틈만 나면 쏟아지던 잠이 드디어 오지 않았다. 잘 만큼 잤기 때문인지 아니면 그때만 유난히 잠이 오지 않았는지는 모르겠지만, 아무튼 눈을 감아도 정신이 말똥말똥했다. 멍하니 있는데 갑자기 소리가 들렸다. 처음에는 무슨 소리인지 알아차리지 못했는데 점점 또렷해졌다.

'은별아!'

나를 부르는 소리였다. 착각일까? 환청일까?

'은별아!'

착각도 환청도 아니었다. 도대체 누가, 어디서, 왜 나를 부르는 걸까?

'은별아!'

첫날에 들었던 그 목소리였다. 생각해 보니 잠을 자다 이 목소리를 숱하게 들었다. 다만 잠을 이겨낼 힘이 없어서 움직이지 못했을 뿐이었다.

'은별아!'

곳곳이 흉터인 왼팔을 기묘한 기운이 쓰다듬었다. 누가 내 팔을 만지는 줄 알고 깜짝 놀라 오른손으로 얼른 왼팔을 만져보았다. 아무것도 없었다. 블라인드를 올린 창문으로 쏟아져 들어온 별빛만 왼팔에 어른거렸다.

'은별아!'

몸을 일으켰다.

- 야~옹.

방문 밖에서 삼식이가 부르는 소리가 들렸다. 그냥 우는 소리가 아니라 나를 부르는 소리였다. 벌떡 일어나 문을 열었다. 삼식이는 방으로 들어오지 않고 방문 밖으로 나온 내 발에 몸을 비벼댔다. 보드라운 털이 정겨웠다. 몸을 숙여 왼손으로 삼식이를 쓰다듬었다. 삼식이가 내 왼 손목을 핥았다. 삼식이 혀가 손목에 닿자 마른 겨울옷에서 이는 정전기 같은 자극이 손목을 건드렸다. 살짝 놀라서 왼손을 뒤로 뺐다.

- 니야~오옹.

삼식이가 미닫이문 앞에 서 있다.

"뭘 어떻게 하자고?"

- 니야~오옹.

"같이 밖으로 나가자고?"

- 야아~옹.

"이 밤중에?"

- 야아옹.

나야 괜찮지만 삼식이를 이 밤중에 집 밖으로 내보내도 괜찮은지 확신이 서지 않았다.

- 니야아~~오옹.

삼식이가 재촉했다.

"알았어. 알았어."

나는 미닫이문을 열었다. 신발을 신고 현관문도 열었다. 느긋한 걸음으로 현관문을 나선 삼식이는 멈추지 않고 마당 밖으로 걸어 나갔다.

"어, 어디 가려고?"

나는 현관문을 닫고 얼른 삼식이를 따라갔다.

- 니이야~옹.

"왜? 무슨 말이야?"

삼식이는 아래쪽으로 걸어갔다.

- 니이이야~~옹.

"따라오라고?"

- 야아옹.

"알았어."

나는 빠른 걸음으로 삼식이를 따라갔다. 가까이 다가가자 삼식이는 내 발 바로 옆에서 내 속도에 맞춰 걸었다. 가로등 불빛이 길을 비춰 무섭지는 않았다. 큰길을 지나 다리를 건넜다. 다리 아래로 흐르는 물이 달빛에 반짝였다. 길은 마을 안쪽으로 쭉 이어졌다. 맞은편 마을이라 수없이 보았는데도 직접 걸으니 무척 낯설었다. 삼식이는 구불구불한 마을길을 지나 나무숲 사이로 난 오솔길로 나를 이끌었다.

마을길까지는 가로등 불빛 때문에 괜찮았는데 숲으로 들어서자 무서웠다. 캄캄한 두려움이 내 발을 붙잡았다. 삼식이가 재촉했지만 발이 움직여지지 않았다. 그때 구름 사이로 고개를 내민 달빛이 구불구불한 오솔길에 손을 내밀었다. 은은한 손이 겁내지 말라며 나를 달래고, 졸졸 흐르는 개울물 소리가 용기를 불어넣어 주었다. 맑은 공기가 호흡에 섞여 들어왔다.

- 니이이야~~옹.

안심하라고 삼식이가 나를 달랬다.

"알았어. 갈게."

나는 다시 삼식이 뒤를 따랐다. 오솔길은 개울을 따라 길게 이어졌다. 꽤나 긴 오솔길이었다. 여느 때 같으면 벌써 지쳤을 텐데 전혀 힘들지 않았다. 도리어 걸을수록 점점 몸이 가벼워졌다. 나도 모르게 좋아하는 노래를 흥얼거렸다. 달빛과 나무와 오솔길과 개울물과 바람이 어울려 풍성한 합창이 되었다. 이마에 송골송골 땀방울이 맺힐 때쯤 앞서가던 삼식이가 우뚝 멈춰 섰다. 그와 동시에 달빛이 사라졌다. 온 세상이 갑자기 어둠에 잠겼다. 빛 한 줌 없는 어둠이었다. 내 몸조차 보이지 않았다. 쉼 없이 들리던 개울물 소리도, 나무 사이로 흐르던 바람 소리도 들리지 않았다. 소리 한 움큼 없는 침묵이었다. 내 몸에서 나는 소리조차 들리지 않았다. 모든 감각이 사라졌다. 내가 있다는 감각마저 사라진 것 같았다.

어둠과 침묵이 나를 휘감은 시간이 얼마나 이어졌는지는 모르겠다. 찰나인지 몇 시간인지 분별할 수 없었다. 살아 있다는 걸 느끼고 싶어서 깊게 숨을 들이마신 뒤 숨을 멈추고 눈을 감았다. 눈을 뜨면서 길게 숨을 내쉬는데, 마치 그러기를 기다렸다는 듯이 환한 달빛이 다시 밤하늘에 나타났다. 숲에도 다시 바람과 개울물 소리가 찾아들었다.

"와!"

신음인지 감탄인지 모르겠다. 내 앞에 펼쳐진 아름다운 빛이 온 마음을 빼앗았다. 바위틈에 자리 잡은 옹달샘이 달빛을 한껏 머금으며 반짝반짝 빛났다. 옹달샘은 주변으로 내려오는 달빛마저 모조리 빨아들이며 찬란하게 빛났다. 옹달샘을 벗어난 물은 달빛을 머금은 채 아담한 돌들 사이로 빠져나와 개울을 이루며 아래로 흘러내려 갔다. 옹달샘과 개울 주변에는 온갖 꽃들이 활짝 피어 저마다 예쁜 얼굴을 뽐냈다. 신들이 사는 곳이 이럴까? 형언할 수 없는 아름다움에 가슴이 요동쳤다.

- 니야~오옹.

삼식이가 나를 한 번 보고 옹달샘을 한 번 봤다.

- 니야~오옹.

삼식이가 같은 몸짓을 반복했다.

"뭘 하라고?"

- 니야아~~오옹.

"옹달샘 물을 마시라고?"

- 야옹.

안 그래도 갈증이 나서 물을 한 모금 마시고 싶었다.

옹달샘으로 다가가니 꽃들이 자리를 비켜주었다. 이상한 현상이었지만 그 순간에는 자연스럽게 받아들였다. 옹달샘 옆에 이르러서 한 손으로 돌을 잡고 몸을 숙였다. 입을 물 가까이 대는데 옹달샘 안쪽에서 별을 닮은 빛이 반짝거렸다.

'뭐지?'

별빛인 줄 알았는데 아니었다.

'황금인가?'

자세히 살폈다. 반짝거리던 빛은 점점 희미해지더니 곧 사라졌다. 눈에 힘을 주고 다시 살폈지만 옹달샘 안에서 반짝이던 빛은 다시 나타나지 않았다. 입을 대고 한 모금 마셨다.

"아!"

시원했다. 그리고 따스했다. 찬 기운과 따뜻한 기운이 한꺼번에 몸으로 들어왔다. 생기를 품은 물이 온몸 구석구석으로 퍼졌다. 머리끝에서 발끝까지 모든 세포가 깨어났다. 몇 모금 더 마셨다. 세포들을 깨운 기운이 몸 구석구석을 타고 흐르다가 점점 이마 쪽으로 모여들었다. 물결처럼 일렁이던 기운은 한순간에 커지면서 돌풍을 만난 배처럼 뒤틀렸다. 바위를 만졌을 때 느꼈던 아픔보다 훨씬 강렬했다. 통증에 익숙한 나조차 버티기 버거운 고통이었다. 악다구니를 쓰며 몸부림치고 싶었지만 입이 떨어지지 않았다. 정신을 놓고 싶어도 머리는 그 어느 때보다 맑았다. 몸이 돌처럼 굳어가더니 점점 사라졌다. 생각만 남고 감각은 사라졌다. 빛 한 줌이 끝없는 어둠을 헤치며 방황했다. 어둠은 한 올씩 빛줄기를 빼앗아갔다. 마침내 마지막 남은 빛줄기마저 사라졌고, 나도 완전히 사라졌다.

'은별아! 이제 곧 만나러 갈게.'

신비한 목소리만 어둠 안에서 얕게 맴놀이를 쳤다.

눈을 뜨니 침대 위였다. 꿈이라고 믿고 싶었지만 이마 안에서 느껴지는 미묘한 파동이 꿈으로 단정 짓지 못하게 막았다. 무엇보다 곧 만나러 가겠다는 말이 방금 들은 듯 생생하다. 도대체 내게 무슨 일이 벌어지는 중일까? 망가질 대로 망가진 내 머리가 드디어 망상을 일으키는 단계까지 가버린 걸까? 아니면 신비로운 일이 정말로 나를 찾아오려는 걸까? 만약 망상이라면, 나는 어찌 되는 걸까? 더 나빠질 데 없는 바닥이라고 믿었는데……

봄 향기로 찾아온 미소년

02

"어차피 더 떨어져 봤자 똑같은 어둠일 뿐이야."

혼잣말을 중얼거리며 이불을 걷어차고 일어났다. 몸이 이상하게 가뿐했다. 실바람에 흔들리는 물결처럼 가벼웠다. 질척거리던 걱정은 흔적도 없이 자취를 감추었다. 블라인드를 올렸다. 아직 해가 뜨지 않았지만 밖은 이미 환했다. 마당 구석에서 이모부가 쪼그려 앉아 일하는 모습이 보였다. 이모부는 모자를 쓰고, 반소매에 토시를 낀 채 부지런히 호미질하고 있었다. 나는 시원한 바람을 찾아 밖으로 나갔다.

"은별아! 네가 이 시간에 웬일이야?"

이모부가 장갑 낀 손을 흔들었다.

"일어났는데 기분이 상쾌해서 나와봤어요."

"몸이 많이 좋아진 모양이구나."

나는 웃음을 머금고 이모부에게 다가갔다.

"뭐 하세요?"

"열무 심어."

"열무요?"

"이모가 열무를 엄청 좋아하는데, 앞서 심은 열무는 이미 다 뽑아서 먹었거든."

"풀이 꽤 많네요."

"그러게나 말이야. 먹으려고 기르는 채소는 가꾸고 돌봐야 겨우 자라는데, 이런 풀들은 아무리 뽑아도 눈 돌렸다 다시 보면 불쑥불쑥 자라 있지 뭐야. 조금만 게으르면 풀밭이 되고 땅이 망가져. 이러니 게으른 사람은 농사를 못 짓지."

이모부는 부지런히 호미를 놀리며 땅을 골랐다.

"이모부는 농사를 많이 해보셨나 봐요?"

"농사는 무슨. 그냥 시내 살면서 텃밭 조금 가꿔본 경험밖에 없어."

별 경험이 없다고 했지만, 이모부가 호미를 다루는 솜씨는 예사롭지 않았다. 빠르고 부드럽게 풀을 캐고 땅을 골랐다. 곧 널찍한 두둑이 만들어졌다.

"열무 심을 건데, 같이 할래?"

"어떻게 하면 돼요?"

"내가 두둑 위에 골을 내면 줄지어서 이 씨앗을 뿌리면 돼."

이모부는 작은 플라스틱 통을 내밀었는데, 그 안에 빨간 씨앗이 옹기종기 모여 있었다.

"얼마나 뿌려야 해요?"

"나도 정확히는 모르는데, 예전에 뿌렸을 때는 이 정도 뿌리면 괜찮았어."

이모부는 열무 씨를 골에 한 줄로 조심스럽게 뿌렸다. 나는 이모부가 하는 대로 열무 씨를 뿌렸다. 이모부는 골을 내고, 내가 씨를 뿌렸더니 일이 생각보다 금방 끝났다.

"이제 씨앗을 흙으로 곱게 덮어야 해."

이모부가 손으로 흙을 쓰다듬듯이 만지며 열무 씨가 뿌려진 골을 덮었다. 나도 따라 했다. 흙을 다 덮고 난 뒤에는 흠뻑 물을 주었다.

"열무는 내버려 둬도 잘 자라서 별로 손이 안 가. 다른 채소도 열무처럼 쉬우면 좋겠는데."

이모부는 텃밭에서 자라는 다른 채소들을 살피며 말했다.

"이제 뭐 하실 거예요?"

"텃밭 다음은 정원이지."

이모부는 작은 모종삽을 들고 정원 쪽으로 갔다. 쪼그려 앉은 이모부는 잔디밭을 샅샅이 살폈다.

"뭐 하세요?"

"혹시 풀이 있나 살피는 거야."

"풀이요? 풀이 어디 있어요? 다 잔디 아니에요?"

아무리 살펴도 잔디밖에 보이지 않았다. 그때 이모부가 잔디밭 사이에서 엄지손가락만 한 풀을 뽑아냈다.

"어, 그게 풀이에요?"

"응, 잘 보면 잔디랑 달라."

이모부 말을 듣고 풀이랑 잔디를 견줘봤다. 풀이라고는 하는데 잎이 가늘고 길어서 언뜻 보면 잔디처럼 보였다. 나는 이모부가 건네준 풀을 들고 똑같은 게 있나 찾아보았다. 열심히 찾아도 보이지 않았다. 나는 풀 한 포기도 못 찾았는데, 이모부는 그새 한 움큼이나 풀을 뽑아냈다.

"어떻게 이모부 눈에만 보이고, 제 눈에는 안 보이는 걸까요?"

"나도 처음에는 거의 안 보였어. 잔디밭을 조금만 놔두면 풀 반, 잔디 반이 된다고 다른 사람들이 겁주는 거야. 그래서 날마다 잔디밭을 살폈는데 아무리 봐도 풀이 안 보이더라고. 나는 우리 집 잔디밭에는 풀이 안 나나 보다 하며 좋아했는데, 웬걸! 어느 날 가만히 살펴보니 잔디랑 좀 다르게 생긴 풀이 잔디밭 곳곳에 가득하더라! 그제야 알았지. 풀들이 처음에는 잔디랑 비슷하다가 다 큰 뒤에 모습이 달라진다는 걸. 커버린 풀을 뽑으려니 정말 힘들었어. 다시는 그 고생을 안 하려고 그때부터 날마다 잔디밭을 살폈고, 한참 하다 보니 아주 작은 풀일 때도 잔디랑 구별해서 찾아내는 눈이 열렸어."

"눈이 열렸어"라는 말에 가슴이 날카롭게 뛰면서 감각이 예민하게 반응했다. 바위를 만졌을 때, 그리고 어젯밤 옹달샘 물을 마셨을 때 겪었던 까닭 모를 아픔이 이마 안쪽에서 되살아났다. 꾹 참으며 이마를 손끝으로 지그시 눌렀다. 손끝에 소용돌이가 느껴졌다. 이 정체 모를 현상과 고통은 도대체 뭐란 말인가? 이를 악물고 손끝에 힘을 주었다. 소용돌이가 가시처럼 손끝을 찔러대더니 이내 잠잠해졌다.

"괜찮니?"

이모부가 걱정스럽게 물었다.

"네! 하나도 발견 못 하니까 오기가 생겨서요."

거짓말이었다. 남들 거짓말에는 그렇게 못 견뎌 하더니 아무렇지도 않게 거짓말하는 내 꼴이 우스웠다.

'됐어! 그만 괴롭혀! 그만해!'

나는 애써 자책감을 털어내고 잔디에 눈을 고정했다. 가만히 살피니 잔디 사이에 생김새가 조금 다른 것이 보였다. 잔디가 아니라는 확신은 없었다. 처음엔 비슷하게 보였지만 뿌리 쪽에 붉그스름한 빛깔이 있는 게 눈에 띄었다. 잔디에는 그런 빛깔이 없었다. 확실히 풀이었다. 나는 손끝에 힘을 주어 풀을 뽑아냈다.

"와! 저 풀 찾아냈어요."

나는 풀 한 포기를 치켜들고 신나서 소리 질렀다.

"오, 진짜 풀이네! 하하하."

"와, 재밌어요. 마치 보물찾기나 숨은그림찾기 놀이를 하는 것 같아요."

"재밌지? 이런 맛에 정원을 가꾸는 거야."

나는 잔디밭에 쪼그려 앉아서 끈질기게 씨름한 끝에 풀 세 포기를 더 찾아냈다. 다른 사람이 들으면 겨우 세 포기라고 할지 모르겠지만 내겐 엄청난 성과였다. 풀과 잔디를 구별하는 게 쉽지 않아서가 아니었다. 참으로 오랜만에 내 의지로 세운 목표를, 오로지 내 힘으로 달성했다는 게 중요했다.

　일을 마치고 마당에 놓인 평상에 이모부와 나란히 앉았다. 산 빛깔은 연초록에서 진초록으로 변해가는 중이었다. 아침 햇살이 완전히 퍼지기 전이라 그런지 몰라도 옅은 물기를 머금은 듯 풍경이 촉촉했다. 앞마을에서는 가끔 개들이 짖는 소리가 들렸다. 내가 어젯밤에 갔던, 만약 꿈이라면 꿈에 가보았던 오솔길을 찾으려고 마을과 숲 쪽을 살폈지만 아무리 애써도 보이지 않았다.

　"이 풍경, 참 좋지?"

　이모부가 산과 나무와 하늘과 마을과 개천이 어우러져 빚어낸 풍경을 보며 말했다.

　"눈이 참 편해요. 도시에서는 늘 눈이 피곤했는데."

　"도시는 뭐든 피곤해. 뭘 하든 빨리빨리 해내라고 다그치지. 느긋하게 한 곳만 바라볼 틈을 주지 않아. 풀과 잔디를 구별하는 일만 해도 느리게, 오래 살펴야 하는데 말이야. 그래서 도시에서 만난 사람은 다 비슷해 보여. 물론 자세히 보고 오래 보면 다 다르겠지만, 스치듯 만나서 설핏 보고 지나가니 그 사람이 그 사람 같아."

이모부 말을 들으며 삭막하게 보냈던 교실을 떠올렸다. 어쩌면 나는 풀과 잔디를 구분하려고 쳐다보는 시간만큼도 같은 교실에 머무는 이들을 자세히 살펴본 적이 없지 않을까. 언뜻 보고 사람을 판단하고, 잠깐 생각하고 말했다. 삶에 여유가 없었다. 빈틈없이 쫓기며 사느라 느리게 사람을 살피고, 생각하고, 이야기를 나눌 기회가 없었다. 저주받은 능력 때문만이 아니라 바늘 하나 들어가지 않을 듯 쫓기며 지냈던 시간도 나를 망가뜨린 범인이었다.

"긴 호흡으로 골똘히 살펴야 뭐든 보여. 단숨에 되는 건 없어."

평상에 앉아 발끝을 흔들며, 앞산과 하늘에 모든 감각을 맡긴 채 이모부가 한 말을 잔잔히 머금었다가 조심스럽게 삼켰다.

"여보! 씻고 밥 먹어야지. 어, 은별이도 거기 있네."

거실 유리창이 열리며 이모가 맑게 말했다.

"은별이도 일찍 일어나 일했어."

"몸은 괜찮은 거야?"

"네! 괜찮아요."

"당신, 괜히 은별이 고생시키지는 않았지?"

"아니에요. 제가 스스로 나와서 일했고, 재밌었어요."

이모가 흐뭇하게 웃었다.

"이제 들어와요. 아침 먹자!"

우리는 평상에서 일어나 현관 쪽으로 걸어갔다. 문득 마당 곳곳에서 자라는 꽃이 눈에 들어왔다. 그러고 보니 이 집에 온 지 꽤 됐는데 꽃밭을 제대로 눈여겨보지 않았다. 나는 도대체 뭘 보고 사는 걸까? 나는 눈을 뜨고도 보지 않았고, 귀를 열고도 듣지 않았고, 코로 숨은 쉬면서도 냄새는 맡지 않았다. 아니다! 안 한 게 아니라 못 했다. 나는 느긋하게 볼 여유도 없었고, 마음을 비우고 들을 틈도 없었고, 향기를 즐길 고요함도 없었다. 나는 모든 감각을 빼앗기며 살았다.

나는 늘 잠이 고팠다. 늘어지게 자는 게 제일 큰 소원이었다. 그러나 그 소원은 이모 집에 오기 전까지는 단 한 번도 이루어지지 않았다. 아마도 빼앗긴 잠을 되찾으려고 이모 집에 와서 그렇게 오랫동안 잠에 빠졌는지도 모르겠다. 이제 잠은 찾았다. 그러니 다른 감각도 되찾아야겠다. 잃어버린 눈, 무너진 귀, 빼앗긴 코를 다시 찾고야 말겠다.

꽃을 살폈다. 가만히 보았다. 마음을 비우고 바라보았다. 내가 아는 꽃은 없었다. 모두 태어나서 처음 보는 꽃이었다. 꽃 모양이 참 다채로웠다. 옆으로 퍼지는 꽃, 위로 치솟는 꽃, 잎을 옆으로 축 늘어뜨리고 꽃봉오리만 하늘로 향한 꽃, 가는 줄기에 꽃망울들이 매달린 꽃, 몸집보다 꽃봉오리가 더 큰 꽃, 꽃잎이 잘게 쪼개진 꽃, 굵은 잎에 감싸인 꽃, 솜털처럼 뭉친 꽃, 속을 환히 내보이는 꽃, 손톱보다 작은 꽃, 손바닥만큼 큰 꽃, 겹겹이 이파리를 쌓아 올린 꽃 등 저마다 개성을 뽐내며 당당하게 정원을 장식했다. 모양뿐 아니라 빛깔도 다양했다. 빨강, 노랑, 파랑, 하늘빛, 흰빛, 보랏빛, 연분홍, 짙은 분홍, 연한 자줏빛 등 갖가지 빛깔이 정원을 곱게 물들였다. 줄기와 이파리 모양까지 따지면 그 다양함은 이루 말할 수 없었다. 꽃들은 왜 이렇게 다양할까? 왜 꼭 그 모습, 그 향기, 그 빛깔을 띠게 되었을까? 깊이 따지고 들수록 신비로웠다.

"꽃들이 참 예뻐요. 어쩜 이렇게 예쁜 꽃들이 많은지."

연한 보랏빛을 머금은 채 가느다란 가닥은 하늘로 향하고, 부끄러운 듯 얼굴을 내미는 꽃이 유난히 눈에 띄었다.

"이 꽃 이름은 뭐예요?"

그 꽃을 가리키며 이모부에게 물었다.

"나는 잘 몰라. 꽃 이름을 알려면 이모한테 물어봐야 해. 몇 번이나 이름을 듣고, 특성도 배웠는데 그때 잠깐 기억하고 늘 까먹어. 몇 번 외우려고 시도했는데 도저히 안 되더라. 학교 다닐 때도 느꼈지만 나는 시험이랑 참 안 맞아. 이제 학교에 다니지 않아도 돼서 얼마나 다행인지 몰라."

이모부가 학교와 시험 이야기를 하니 조금 웃겼다. 물론 나로서는 결코 웃을 수 없는 이야기였다. 지금은 학교라는 피 튀기는 정글에서 빠져나와 느긋하게 지내지만, 돌아가야 한다는 생각이 들 때마다 끔찍해서 덜덜 떨린다. 그 무시무시한 전쟁터로 또다시 들어간다면, 나는 과연 살아남을 수 있을까?

"이젠 그냥 포기하고 부지런히 잡초를 뽑고, 거름을 주며, 돌봐주는 걸로 만족하려고. 노력하면 외울 수 있다는 믿음, 하면 된다는 믿음 따위는 버린 지 오래야."

하면 된다는 믿음을 버렸다는 말이 아침 이슬처럼 상쾌했다. 나도 그러고 싶었다. 그만두고 싶었다. 노력해서 성공하라는 말, 그만 듣고 싶었다.

아무튼 이모부는 이름 알기를 포기했다지만 나는 이름이 참 궁금했다.

"이름을 알려면 이모한테 물어봐야겠네요."

"이모는 공부를 잘했으니까. 그나저나 이름은 왜?"

"보랏빛이 눈길을 확 끌어서 이름이 궁금해졌거든요."

"이름을 알면 좋지. 그런데 이름을 모른 채 가만히 지켜보는 맛도 괜찮아. 이름을 알면 더 가까운 느낌이 들지만, 어떨 때는 이름을 모르고 그냥 볼 때가 더 좋아. 이름을 알면 이름에 갇혀서 꽃을 볼 때 이름만 떠오르잖아? 이름을 모르면 더 자세히 살피게 되고, 그때까지 눈에 들어오지 않던 새로움이 드러나기도 해. 그래서 나는 이름을 몰라도 괜찮아. 내 마음에 들어오는 아름다움을 있는 그대로 누리기에는 이름을 모르는 게 더 적절한지도 몰라."

이모부 말이 그럴듯했다. 배우고 알면 좋을 때도 있지만, 어쩌면 이모부 말처럼 모를 때 더 잘 보이는 것들도 있겠다 싶었다. 꽃 이름이 무척 궁금했지만, 이모부 말을 듣고 더는 이름에 얽매이지 않기로 했다. 그냥 꽃을 보며 아름다움을 감상하기로 했다. 그러자 그때까지 보이지 않던 남다른 모습이 눈에 들어왔다. 동그란 봉오리에 맺힌 빨간 빛이 밖으로 퍼지며 점점 주황빛으로 옷을 갈아입더니, 진한 노랑으로 마무리되었다. 작은 꽃잎 안에서 빠르게 이루어지는 탈바꿈에 저절로 감탄사가 나왔다. 어쩜 저렇게 튀면서도 부드럽게 이어지는 빛깔을 지어냈을까? 도대체 무슨 수로 저 아름다운 꽃잎을 만들어냈을까? 참으로 신비로운 재주였다.

"둘이 뭐 해? 안 들어오고!"

이모가 거실 유리창으로 고개를 쑥 내밀었다.

"미안! 꽃구경하느라."

이모부는 이모에게 손을 흔들더니 수돗가로 갔다. 시원하게 물을 틀어서 호미와 모종삽을 깨끗하게 닦은 뒤 손을 씻었다. 이모부는 호미와 모종삽을 창고에 넣으러 갔고, 나는 그사이에 손을 씻었다. 차가운 물이 둔한 손끝을 예민하게 바꾸었다. 손을 털고 수돗물을 잠그는데 뒤에서 기묘한 기운이 느껴졌다.

나는 재빨리 뒤를 돌아봤다. 얕은 울타리 너머로 검은 옷을 입은 여자가 지나갔다. 발을 떼지 않고 걷는 듯 부드럽게 움직였다. 무엇을 찾으려는지 시선이 쉼 없이 이곳저곳을 훑었다. 이곳과 어울리지 않는 사람이었다. 나는 그 여자에게 눈을 떼지 못했다. 그러자 야릇한 빛깔이 퍼져나갔다. 그것은 보랏빛이었다. 짙은 보랏빛이 그 여자 주위로 어른거렸다.

'저게 뭐지?'

거짓말을 들었을 때 보이는 현상과 비슷하면서도 달랐다. 기묘한 기운이 사람 주변으로 퍼지는 현상은 비슷했지만, 그 빛깔이나 생김

새가 사뭇 달랐다. 거짓말일 때는 역겨운 기운이 풍기는데 그 사람 주변에 나타난 빛은 그러지 않았다. 이상야릇하지만 혐오스럽지는 않았다. 그래도 뭔지 모르게 거북했다. 정체 모를 거북함이었다.

'이 혼란스러운 감정은 뭐지?'

나는 그 여자를 뚫어지게 쳐다봤다. 여기저기를 살피던 여자도 내 시선을 느꼈는지 나를 쳐다봤다. 시선이 엉키지 않고 공간을 뚫고 서로를 향해 곧바로 치고 들어갔다. 보랏빛이 내 눈으로 강하게 파고들었다. 갑자기 손끝이 떨렸다. 가슴이 두근거렸다. 내 모든 비밀이 까발려질지도 모른다는 두려움이 일었다.

"은별아! 안 들어오고 뭐 해?"

이모부가 나를 부르지 않았다면 나는 그대로 보랏빛에 내 모든 걸 토해냈을지도 모른다.

"아, 네!"

이모부를 따라서 얼른 현관으로 들어갔다. 문을 닫기 전에 그 여자가 있는 곳을 슬쩍 봤는데 아무도 없었다. 겨우 몇 초밖에 지나지 않았다. 그 사이에 모습을 감추기란 불가능할 텐데 그 여자는 바람처럼 자취를 감추어버렸다. 누구였을까? 내가 본 그 빛은 무엇이었을까? 현관문을 닫는 손끝이 여전히 떨렸다.

아침을 먹자마자 이모는 바삐 출근했고, 이모부는 2층 서재로 들어갔다. 나는 침대에 누웠지만 잠이 오지 않았다. 눈을 감아도 정신이 말똥말똥했다. 아침에 다 보지 못한 정원을 구경하고 싶다는 생각이 들었지만, 기묘한 여자가 떠올라 그만두었다. 정원으로 나갔다가 혼자 마주치는 사태를 겪고 싶지 않았다. 아니, 보랏빛이 돌던 그 눈빛을 다시 보고 싶지 않았다.

이런저런 궁리를 하다 이모부가 있는 서재로 올라갔다. 몇 번 와보기는 했지만, 책을 꺼내본 적은 없는 서재였다. 이모부는 노래를 크게 틀어놓고 책을 읽고 있었다. 내가 들어가자 이모부는 나를 향해 살짝 웃고는 계속 책을 읽었다. 책에 푹 빠진 이모부를 방해하고 싶지 않아서, 읽을 만한 책이 없나 조용히 책장을 살폈다. 아무리 살펴도 볼만한 책이 없었다. 내가 읽기에는 책들이 지나치게 어려웠다. 한참 책장을 서성이다 나가려는데 음악이 뚝 끊겼다.

"은별이 심심하구나?"

이모부가 오디오 리모컨을 든 채 말했다.

"네, 조금."

"그럼 너, 이모가 일하는 '작은도서관'에 가볼래?"

"네! 좋아요."

나는 재빨리 동의했다.

이모부 차를 타고 갔다. 벚꽃이 진 지 오래였다. 초록 잎을 단 벚나무들이 길 양옆으로 늘어서서 내가 탄 자동차를 향해 손을 흔들었다. 도서관은 멀지 않았다. 차를 타고 5분도 지나지 않아 도서관을 알리는 팻말이 보였다. 팻말 옆으로 난 길에 들어서니 아담한 시골 우체국이 나왔다. 동화책 속에서 막 튀어나온 듯한 우체국이었다. 우체국을 지나자 마치 숲에 들어온 것 같은 분위기가 났다. 아름드리나무들이 하늘로 치솟아 햇빛을 가리며 시원한 그늘을 만들었다. 나무 아래를 지나가면 넓은 잎에서 나오는 은은한 향이 코를 간질였다. 바람에 흔들리는 나뭇잎 사이로 언뜻언뜻 들어오는 빛줄기도 눈부셨다. 아름드리나무들이 병풍처럼 들어찬 곳에 자리 잡은 정겨운 도서관이 포근한 웃음을 지으며 들어오라 손짓했다.

"이름이 '책말글 작은도서관'이네요. 소박하면서도 정감이 가요."

"이름을 잘 지으면 똑같은 대상이라도 더 빛나기 마련이지."

이모부가 아침에 꽃 이름을 두고 했던 말이 떠올랐다.

"아침에 하신 말씀이랑은 조금 다르네요."

이모부 말에 트집 잡고 싶은 뜻은 없었다. 조금 장난기가 일어서 한 말이었다.

"그런가? 허허허! 아무튼 이름은 참 묘해. 이름이 본모습을 더 빛나게 만들기도 하지만, 어떨 때는 이름 때문에 본모습이 가려지기도 하니 말이야."

이모부 말에 담긴 뜻을 더 깊이 헤아리고 싶었지만 그럴 틈이 없었다. 도서관 자동문이 열려서 내가 먼저 들어갔다. 자동문을 지나 신발을 벗고 미닫이문을 열었다.

"은별아! 네가 여긴 웬일이야? 어머, 당신도 왔네!"

이모는 컴퓨터 앞에서 밝은 웃음으로 우리를 맞이했다. 이모는 곧

바로 냉장고에서 음료수를 꺼내주었다. 작은도서관은 말 그대로 '작은' 도서관이었다. 크기는 작았지만 책은 참 다양하고 풍성했다. 작은 도서관에 가만히 앉아서 이런저런 이야기를 나누는데 마치 휴가지에서 쉬는 기분이 들었다.

"찾아오는 사람이 적으니 책 많은 펜션에 휴가를 즐기러 온 기분이에요. 이모는 참 좋겠어요. 늘 이런 데서 지내니까."

나는 이모가 진심으로 부러웠다.

"나도 가끔 그렇게 느끼는데, 꼭 그렇지만도 않아. 이런 조그만 도서관에 오는 사람이 없을 것 같겠지만 생각보다 꽤 많이 오거든. 그런 분들에게 좋은 책을 소개하려면 나름 많이 준비해야 해. 시간마다 일과표를 정리하고, 틈나는 대로 책을 분류하고, 새롭게 주문할 책도 찾아보고, 새로운 책이 들어오면 책을 몽땅 다 새로 정리하기도 해. 여기는 책장이 많지 않거든. 이러저러한 동아리 활동도 많아서 관련된 일도 꽤 되고."

"그래도 참 느긋하게 보여요."

"책에 둘러싸여 있어서 그래. 책 속에 있으면 책을 읽든 안 읽든 느긋해지지."

"이런 말이 어떨지 모르지만, 이모와 작은도서관이 단짝처럼 잘 어울려요."

그날 내 이름으로 도서대출증을 만들고, 책도 한 권 빌렸다. 안타깝게도 그 책은 그날이 지나기도 전에 다 읽고 말았다. 무척 재미있어서 천천히 꼭꼭 씹으며 읽고 싶었는데, 나도 모르게 끝까지 휘리릭 읽고 말았다. 그다음 날에는 작은도서관에 가서 책을 두 권 빌렸다. 두 권도 금방 읽었다. 그렇게 한동안 책에 미친 듯이 빠져들었다.

그러던 어느 날 아침이었다.

"여보, 오늘 오전에 도서관 좀 봐줄 수 있어?"

이모가 밥을 먹다가 이모부에게 부탁했다.

"왜?"

"오늘 중앙도서관에서 회의가 열려서. 몇 시간 동안 봐줄 사람을 찾는데 오늘따라 아무도 안 된다네."

"그래? 그런데 공장 설비에 문제가 생겨서 아침밥 먹고 나도 바로 나가야 하는데."

"어떻게 안 돼?"

"중요한 설비라서 내가 빠지면 곤란해. 어떡하지?"

이모부가 무척 곤혹스러워했다.

"어쩔 수 없지 뭐. 오전에는 도서관 문을 닫고 다녀와야지."

"그래도 괜찮아?"

"어쩌겠어. 그 수밖에 없는데."

이모 얼굴에 근심이 일었다.

"이모!"

내가 끼어들었다.

"제가 보면 안 될까요?"

"네가?"

"네, 어떻게 하는지만 알려주시면 제가 잠깐 볼게요."

"그래? 정말 그래 줄래?"

이모 얼굴이 활짝 펴졌다.

그렇게 해서 나는 오전에 잠깐 작은도서관을 지키게 됐다. 이모는 일지 쓰는 법, 책 빌려주는 법 등 몇 시간 동안 일어날 만한 일 처리 요령을 간단하게 알려주었다. 그리 어렵지 않아서 쉽게 배웠다.

이모는 차를 몰고 떠나고, 나는 작은도서관에 가만히 앉아서 책을 읽었다. 참, 한가하고 좋았다. 이모 말이 맞았다. 책에 둘러싸여 있으니 저절로 여유가 생겼다. 입에서는 나도 모르게 노래가 흘러나오고, 눈가에는 웃음이 걸리고, 심장이 기쁨으로 고동쳤다. 참으로 행복했다. 행복이라는 말을 귀가 아프게 들었지만, 나에겐 그야말로 먼 낱말이었다. 그 낱말이 내게 찾아오다니 꿈만 같았다.

이모가 올 때까지 책을 빌리러 오는 사람이 아무도 없기를 바랐다. 혼자 가만히 책 냄새에 파묻혀 한가함을 만끽하고 싶었다. 이 행복을 한없이 누리고 싶었다. 점점 기분이 맑아졌고, 그에 맞춰 흥얼거리는 노랫소리도 커졌다.

하늘에서 꽃이 지면

향기가 바람이 되고,

잎은 구름이 되죠~ ♪

한밤에 달이 지면
숲길은 눈을 감고,
옹달샘이 노래를 불러요~ ♫

몸도 노래에 이끌려 흥겹게 흔들렸다. 한창 즐겁게, 크게, 신나게, 큰 몸짓으로 노래를 즐기는데 느닷없이 도서관 문이 활짝 열렸다.

향기가 먼저, 그다음에 바람이 들어왔다. 묘하게 설레는 향기였다. 내가 부르는 노래를 듣지 못했기를 바라며 얼른 공기를 집어삼켰다. 내 또래 남자였다. 부드럽게 흩날리는 머릿결, 그 어떤 어둠보다 까만 눈동자, 달빛보다 맑은 살결, 분홍빛 웃음을 머금은 입, 장미보다 붉은 입술이 싱그럽게 빛났다. 어떻게 저렇게 잘생길 수 있지? 신이 인간이 되어 나타나기라도 한 걸까?

눈길이 마주쳤다. 가슴이 떨렸다. 떨림은 울림이 되고, 울림은 천둥으로 고동쳤다.

"안, 안……녕하세요."

티 나게 떠는 내가 부끄러웠다. 얼굴이 달아올랐다.

"안녕!"

달콤한 목소리에 콩닥거리던 심장이 솜사탕처럼 녹아내렸다.

"무슨 일 때문에 오셨어요?"

멍청한 질문이었다. 도서관에 책 빌리러 오지 뭣 때문에 오겠어? 바보같이 묻고 곧바로 후회했다.

"책 빌리려고 왔지."

"아, 네. 책은 많으니 골라보세요."

'윽, 책은 많으니 골라보래! 어떻게 내뱉는 말마다 바보 같을까? 가게에서 물건 고르기를 기다리는 종업원도 아니고. 고르라니? 은별아! 정신 차려!'

도서관을 휘휘 둘러보던 시선이 다시 나를 향했다. 그러더니 손가락으로 내가 읽는 책을 가리켰다. 나는 그때까지도 책을 보던 자세 그대로 의자에 앉아 있었다.

"네가 보는 그 책을 보고 싶은데."

"네? 이거요?"

나도 모르게 손에 든 책을 들어 올렸다.

"응, 그 책!"

"이건……."

"못 빌리니?"

"아뇨, 그건 아니지만."

"그럼 빌려줘."

계속 반말을 썼다. 나는 계속 존댓말을 썼는데……. 말투 때문에 나는 조금씩 몽환에서 깨어났다.

"내가 보고 있는 건데……."

나는 일부러 거슬리게 말했다.

"네가 보는 책이라서 빌리고 싶은 거야."

그 말이 내 심장을 때렸다. 가슴이 그야말로 쿠우우우웅 내려앉았다. 솜털처럼 일던 반항심이 털 한 올도 남기지 않고 바람에 실려 바다 저 건너로 사라졌다.

"네가 푹 빠져서 책 읽는 모습에 끌렸어. 어떤 책이길래 너를 그렇게 깊게 끌어들이는지 궁금해서."

말도 어쩜 이렇게 잘할까?

"어, 어, 그럼 빌려줄게……요."

이젠 반말도 거슬리지 않았다. 그냥 다 멋져 보였다.

나는 책을 들고 허둥지둥 대출용 컴퓨터 쪽으로 갔다.

"도서대출증 주, 주세요."

컴퓨터 앞 의자에 앉으면서 스캐너를 들었다.

도서대출증이 하얀 손에 들려서 내게로 왔다. 손가락과 손가락 사이가 딱 도서대출증 크기만큼 가까워졌다. 손이 하얗다 못해 투명하게 보였다. 칙칙해 보이는 내 손이 부끄러워서 얼른 감추고 싶었다. 도서대출증을 잡은 내 손끝이 찌릿찌릿 저렸다. 감전이라도 된 줄 알았다. 도서대출증을 들고 이름을 봤다. 한 번 보면 다시는 잊지 못할 이름이 거기 있기를 기대했다.

"이건 여자 이름인데……."

나는 도서대출증을 내려놓고 고개를 들었다.

'아~!'

눈이 깊고 짙었다. 눈동자가 내 온 영혼까지 다 빨아들일 기세였다. 비가 되어 내리는 꽃잎에 흠뻑 젖으면 이런 느낌일까? 다른 사람 눈을 똑바로 쳐다보지 못하는 나인데, 한참을 그 눈동자만 바라봤다. 그 남자도 내 눈을 들여다봤다. 눈길과 눈길이 오랫동안 서로를 끌어당기며 뒤엉켰다. 아니, 잠깐이었는지도 모르겠다. 그 순간에는 시간을 느끼지 못했다.

"고모 도서대출증이야. 그럼 안 되니?"

그래도 되는지는 이모에게 들은 바가 없었다. 이모에게 전화하려다가 그만두었다.

"일단…… 빌려 가세요."

나는 도서대출증과 책을 스캐너로 찍었다. 빌려주는 절차는 그걸로 끝이었다. 무척 아쉬웠다. 절차가 조금 더 복잡하고 길면 좋을 텐데! 그러면 저 멋진 모습을 훨씬 길게 볼 수 있을 텐데!

도서대출증과 책을 함께 건넸다. 내가 건네는 책과 도서대출증을 받으러 하얀 손이 다가왔다. 그리고 그 손길이 내 손을 봄바람이 꽃잎을 어루만지듯 스쳤다. 벼락에 맞으면 내 몸이 이리 반응할까? 아니면 화성에 인류가 최초로 발을 내디뎠다는 소식을 들으면 이리 반응할까? 나를 이루는 모든 세포가 움직일 수 있는 가장 큰 진폭으로 떨렸다.

"이건 고마워서 주는 선물."

등 뒤에 숨어 있던 손이 앞으로 나왔다. 부드러운 노란 꽃잎이 촉촉

한 노란 꽃술을 겹겹이 감싼 우아한 꽃이 내 앞으로 다가왔다.

"이건?"

처음 이곳에 온 날, 이모부와 고기를 먹으러 갔을 때 본 꽃이었다.

"물에서만 피는 꽃, 자신이 가장 아름다우면서도 당신이 아름답다고 겸손해하는 꽃, 연꽃 중에서 가장 보기 힘든 꽃, 바로 황련(黃蓮)이야."

꽃잎 하나하나가 살아서 눈을 맑게 정화했다. 은은한 향기는 지난 세월 쌓였던 아픈 기억을 모조리 씻어내는 듯했다. 바람이 불지 않는데도 황련은 살며시 떨렸고, 그 떨림에 맞춰 내 마음도 같이 흔들렸다. 내가 황련에 깊이 빠져든 사이에 아름다운 그 사람은 밖으로 사라졌다.

"저기, 이름이?"

답은 돌아오지 않았다. 황련 향기만 내 심장을 끊임없이 간질였다.

"황련……."

향기에 취한 나는 눈을 감고 꿈꾸듯 중얼거렸다. 진했던 향기는 점점 옅어졌고, 나는 퍼뜩 정신을 차렸다. 눈을 뜨고 황련부터 찾았다. 아무리 찾아도 황련은 어디에도 보이지 않았다. 내가 잠깐 꿈을 꾸었을까? 약간 멍한 기분으로 책상 위를 살폈는데 내가 보던 책이 없었다. 컴퓨터에는 책을 빌려 간 기록이 뚜렷이 남아 있었다. 꿈이 아니었다. 이럴 때가 아니었다. 얼른 문을 열고 나갔다. 우체국까지 이어진 길 위에는 아무도 없었다. 큰길 쪽도 살폈지만 그림자도 보이지 않았다. 진한 아쉬움을 남기고, 바람 한 점이 이마에서 잠깐 머물다 사라졌다. 아릿한 자극에 아픔을 느끼며 이마를 쓰다듬었다. 손끝에서 진한 이질감이 들다가 실바람처럼 사라졌다.

"황련……."

나는 그 꽃 이름을 수없이 부르고 또 불렀다.

잠이 줄어드니 남는 게 시간이었다. 공부도 안 하고, 학원도 안 가고, 학교도 안 가고, 휴대전화도 안 보고, 심지어 TV도 안 보니 온통 빈 시간이었다. 그 시간을 꿈결처럼 나타났다 사라진 황련이 채웠다. 빈 공간마저 황련 생각으로 꽉 차버렸다. 가만히 앉아 몽롱함에 빠진 채 황련만 떠올렸다. 그 짧은 만남이 내 머릿속에서 수십, 수백 번 되풀이되며 더욱 진한 빛깔로 물들었다. 어쩌면 내가 기억하듯이 그렇게 잘 생기고, 멋진 외모가 아닐지도 모른다. 그냥 조금 괜찮게 생겼는데 내가 환상을 덧씌워서 동화 속 왕자님처럼 기억하는지도 모르겠다. 그렇지만 무엇이 사실인지는 중요하지 않았다. 내 느낌은 진실했다.

온통 황련 생각만 나는데 얼굴을 다시 볼 수 없으니 답답했다. 얼굴을 다시 보고 싶었다. 그 투명하고 가늘고 긴 손가락과 하늘거리는 머리카락을 다시 보고 싶었다. 애타게 보고 싶지만 어떻게 해볼 길이 없었다.

'아, 그림. 그림을 그려야겠어!'

문득 든 생각이었다. 어릴 때 나는 그림을 참 좋아했다. 틈만 나면 그림을 그렸다. 내가 졸라서 그림 학원도 다녔다. 다른 학원은 억지로 갔지만 그림 학원에 가는 시간만큼은 손꼽아 기다렸다. 처음에 엄마는 내가 그림을 잘 그리고 좋아하니 기뻐했지만, 내가 공부는 안 하고 그림에만 빠져든다며 점점 걱정을 늘어놓았다. 나중에는 내가 그림을 그리려는 낌새만 보여도 싫어했다. 나는 더 다니고 싶었지만, 엄마는 그쯤 했으면 학교 다니며 미술 수행평가를 해갈 재주는 되니 그만하라고 했다. 나는 미술 수행평가 때문에 다니는 게 아닌데, 나는 정말 그림이 좋은데, 엄마는 내 뜻 따윈 아랑곳하지 않았다.

그러다,

마침내!

아니다.

그 이야기는 하고 싶지 않다.

아무튼 참 오랜만에 그림을 다시 그리고 싶어서 그림 도구가 있는지 찾아보았다. 때마침 이모 집에는 스케치북과 이젤 등 몇 가지 도구가 갖춰져 있었다. 나는 이젤을 거실에 세우고 스케치북을 올려놓은 다음에 연필을 손에 쥐었다. 손이 가는 대로 스케치북에 황련을 그렸다. 처음 본 바로 그 순간, 그 느낌을 그대로 그림에 담으려 했다. 한참을 공들여 그렸지만 다 그린 뒤에는 혹시라도 다른 사람이 볼세라 얼른 지웠다. 다 지우고는 다시 황련을 떠올리다가 두방망이질하는 가슴을 달래려 또 그렸다. 정성을 들여서 그리고, 부끄러움에 지우기를 거듭했다.

느지막한 오후, 그림을 그리다 화장실에 잠깐 다녀왔는데, 그 사이에 이모가 돌아왔다.

"이 그림, 은별이가 그렸어?"

몰래 그린 그림을 들키니 부끄러웠다.

"어머, 동화 속 왕자님이네."

쑥스러워서 볼이 달아올랐다.

"은별이가 그림에 꽤 소질이 있구나."

나는 속마음을 들키지 않으려고 죽을 듯이 애를 썼다.

"은별이 너, 작은도서관에서 하는 그림 모임에 나올래?"

"그림 모임이요?"

"응, 일주일에 한 번씩 모여서 선생님께 그림을 배우는 동아리야."

그림을 다시 배운다면 어떨까? 그 옛날처럼 다시 설렐까?

"다들 그림이 좋아서 모이는 사람들이니 부담 없이 와도 돼."

그렇게 해서 나는 작은도서관 그림 모임에 나가게 되었다.

선생님은 파마머리에 보랏빛 안경을 끼고 밝은 웃음으로 나를 맞이했다. 연분홍 윗옷에 맑은 회색빛을 머금은 덧옷을 걸치고 있었다. 말할 때마다 목소리에서 빛나는 웃음이 섞여 나오는 분이었다. 선생님 인상이 부드럽고 맑아서 마음이 참 편했다.

이모가 처음 온 나를 다른 분들에게 소개해 주었다.

"제 조카예요. 우리 집에 와서 쉬는데 그림을 같이 그리면 좋겠다고 생각해서 함께 왔어요."

"고은별입니다. 잘 부탁합니다."

때마침 모임에 나 말고 또 한 분이 새로 들어와서 첫 만남이면 으레 찾아오는 부담이 줄었다. 새로 온 분은 아이보리 모자를 쓰고, 아이보리 윗옷에 흰 면바지를 입었다. 얼굴빛도 옷을 닮았다. 아이보리빛 기운이 넘치는 분이었다. 마흔 살은 넘은 듯한데 얼굴도 참 고왔다.

"처음부터 멋진 그림을 그리려고 서둘지 마세요. 느리게 그려도 됩니다. 먼저, 선 긋기부터 하세요. 왼쪽에서 오른쪽으로, 위에서 아래로, 오른쪽 위 모서리에서 왼쪽 아래 모서리로, 왼쪽 위 모서리에서 오른쪽 아래 모서리로 줄 긋는 연습을 하세요."

새로 오신 분과 나는 선 긋기부터 했다. 이젤을 놓고 스케치북을 얹은 뒤 선을 그렸다. 어릴 때 그림 학원에 다니면서 선 긋기를 숱하게 한 탓에 조금 귀찮았지만 굳이 그런 속내를 드러내지는 않았다. 쉽게 생각하고 선 긋기에 들어갔는데, 생각보다 만만하지 않았다. 마음은 반듯하게 나가는데 손이 엇나갔다. 그나마 가로로 긋는 선은 그릴 만한데 세로는 더 어렵고, 비스듬하게 그리는 선은 더더욱 어려웠다. 선을 반듯하게 그리기가 이렇게 힘든 일인 줄 미처 몰랐다. 아무래도 그림을 오랫동안 멀리하고 살아온 탓인 듯했다.

"선 긋기를 잘하네요. 자 대고 그리는 줄 알았어요. 재주꾼이 들어왔군요."

내 눈에는 내가 그리는 선이 엉망진창인데, 선생님은 나를 추켜세웠다.

"생각만큼 잘 안 그려져요."

나는 눈살을 찌푸리며 말했다.

"그 정도면 반듯하게 그리는 거예요."

선생님 목소리에 내 눈동자가 반응했다. 또다시 그 저주받은 능력이 움직이려는 징조였다. 덜컥 겁이 났다. 미술 선생님이 나에게 하는 말이 거짓으로 드러날까 봐 무서웠다. 눈을 질끈 감았다. 그래봤자 소용없지만 내 마지막 몸부림이었다. 다행히 뒤틀리는 빛이 보이지는 않았다. 깊이 숨을 들이켜며 이를 악물었다.

'사라져! 사라지라고.'

간절한 바람 덕분인지 눈 안을 채우던 에너지가 점점 약해지더니 잔물결만 남았다. 완전히 사라지지는 않았지만 그래도 견딜 만했다.

"빛이 어느 곳에서 들어오는지를 생각하세요."

선생님이 옛날 시골집 그리기에 열중하는 이모 옆에 가서 말했다.

"명암을 앞쪽은 진하게, 멀리 갈수록 연하게 넣어주면 좋아요. 멀리 갈수록 부드럽고 연하게 그려줘야 원근감이 생기죠."

미술 선생님은 이모 옆 분에게 가서 말을 이어 갔다.

"선 쓰는 게 정말 예쁘네요."

칭찬이다. 내 경험으로는 칭찬에 가장 많은 거짓이 섞인다.

"연했다 진했다 하는 변화가 다양해서 좋아요."

다행히 진실이었다. 가슴을 쓸어내렸다.

미술 선생님은 동아리에서 한 명뿐인 남자에게 다가갔다.

"백리향인가요?"

"네, 집에서 나오다가 꽃밭에 앉은 벌이 예뻐서 사진을 찍었어요."

"여기 꽃 무더기를 벌보다 크게 그리면 어떨까요?"

남자는 머리를 긁적였다.

"벌이 그림에서 중심이긴 하지만, 꽃 무더기가 작으니 불안하게 보여요. 꽃이 뒤를 받쳐주는 느낌을 살려야 벌도 살아나지 않을까요?"

"저는 벌을 더 도드라지게 표현하고 싶어요. 사진도 그렇고……."

"이 사진 그대로 그려도 좋지만, 조금 불안해 보여요. 그림은 구도가 중요해요. 일부러 불편한 구도로 만들겠다는 의도라면 불편한 구도도 좋지만, 그럴 의도가 아니라면 되도록 보기에 편안한 구도가 좋아요. 여길 이렇……게, 바꾸면 어떨까요?"

선생님은 그림 몇 군데에 가볍게 연필을 댔다.

"아, 더 괜찮네요."

"꽃을 그릴 때는 꽃잎을 이루는 선을 똑같이 진하게만 그리지 말고 진하게 그렸다 연하게 그리기를 번갈아 가면서 하세요. 힘을 넣었다 뺐다 하는 거죠. 똑같은 선으로만 그리면 또렷하긴 하지만 살아 있다는 느낌이 들지 않는데, 변화를 주면 훨씬 생동감이 생겨요. 그리고 연한 부분은 억지로 표현하려고 하지 않아도 돼요. 진한 부분을 잘 살려주면 연한 부분은 자연스럽게 드러나거든요."

남자분이 질문할 때마다 그림 선생님은 꼼꼼하고 세세하게 알려주었다. 오가는 말이 조금도 일그러지지 않았다. 비틀거리지도 않았다. 진실한 말들이었다. 이렇게 긴 대화가 한 점 거짓도 없이 오가는 장면은 참으로 오랜만이었다. 나에게 이것은 기적 같은 경험이었다.

한참 도움을 주던 선생님은 자기 그림에 열중하는 우리 모두를 불러 모았다. 나는 맨 뒤쪽에 뒤꿈치를 들고 섰다. 선생님은 직접 연필을 손에 쥐고 그림을 그렸다.

"선을 그리는 방법에 따라 얼마나 그림이 달라지는지 느껴보세요."

연필이 스케치북 위를 부드럽게 움직였다.

"선을 그릴 때 여러 번 덧칠해도 되지만, 이렇게 한 번에 쭉 그리면서 강약을 조절하면 독특한 느낌이 나요. 들어간 부분은 강하게, 나온 부분은 힘을 빼고 부드럽게 이어줘요."

손길을 따라서 그림이 살아 움직였다.

"그림을 그릴 때는 힘 조절이 참 중요해요. 힘을 뺄 때는 빼고, 줄 때는 줘야죠. 삶도 마찬가지예요."

삶에는 강약이 있어야 한다. 그러나 나는 내 삶을 기억하는 그때부터 단 한 번도 힘을 빼고 산 적이 없었다. 늘 강하게 살아야 했다. 조금도 게으를 수 없었다. 오직 한 목표를 향해 달려야 했다. 나는 끊임없이 채찍을 맞는 경주마였다. 경주마는 경주가 없을 때라도 쉴 수 있지만, 나는 그럴 틈조차 없었다.

"강하게만 살면 부러져요. 그림도 삶도 다를 바 없어요."

내가 딱 그 꼴이었다. 강하게만 살다가 다리가 부러진 경주마가 바로 나였다.

"여기를 살짝 지우개로 지워줘요. 일부러 빈 곳을 만들어요. 잎맥이 있는 곳을 표현한다는 느낌으로 지우개를 대면……."

지우개를 대자 그림 느낌이 확 바뀌었다. 어떻게 저럴 수가 있을까? 애벌레 같던 그림이 나비가 되어 훨훨 날아다녔다.

"어때요? 입체감이 생기죠? 그림은 채우기만 하면 안 돼요. 비울 땐 비워야 생생해져요."

그림 이야기인데 그림 이야기가 아니었다. 살아가는 지혜를 담은 가르침이었다.

나는 채우고만 살았다. 채우고 또 채우다 보니 숨이 막혔다. 그릇은 작은데 계속 꾹꾹 눌러 채우려고만 하니 숨 막혀 죽을 것만 같았다. 비우지 않으면 죽을지도 모른다는 두려움이, 아니 정말 죽으려고 했던 절망감이 나를 이곳으로 오게 했다.

"부지런히 선 긋기를 연습하고, 다음에 올 때는 무엇을 그릴지 정해서 오세요."

그림 선생님이 숙제를 내줬다. 오랜만에 만나는 참 반가운 숙제였다. 숙제를 받고 밖으로 나오자 눈 안에 흐르던 에너지가 말끔히 사라졌다.

눈을 감아도 보이는 달빛

03

　그림 모임에 처음 다녀온 후 틈날 때마다 선 긋기를 했다. 그림 모임이 좋기도 했지만, 황련을 잊기 위해서이기도 했다. 틈만 나면 떠오르는 그 살결과 얼굴, 눈빛과 향기에 빠져서 허우적거렸다. 그 늪에서 벗어나려고 선 긋기에 더 매달렸다. 선을 그을 때는 아무 생각이 안 났다. 생각을 텅 비운 채 손만 움직이다 보면 떨리던 가슴도 가라앉고, 내 안을 꽉 채웠던 수많은 감정도 누그러졌다.

　다음 그림 모임이 가까워지면서 그릴 대상을 찾았다. 첫 그림이니 황련을 그릴까 하다가 그만두었다. 누구냐고 물어보면 제대로 설명도 못 하고 얼굴이 빨개질 테니까. 그러면 내 속내를 들킬 것이다. 나는 남이 내 속을 알게 하고 싶지 않았다. 있는 그대로 나를 내보였다가 된

통 당한 적이 수없이 많았기 때문이다. 남들이 보기에 무난한 그림을 그리고 싶었다. 그릴 대상을 한참 찾던 나는 정원을 둘러보기로 했다. 모든 꽃이 저마다 예쁜 모양과 빛깔을 뽐냈다. 눈길이 가지 않는 꽃이 없었다.

그러다 작고 아담한 보랏빛 꽃에 마음이 확 쏠렸다. 꽃송이가 작고 귀여웠다. 하트 모양을 한 다섯 잎이 한데 모여 꽃 한 송이를 이루었다. 꽃 한가운데는 하얀데, 밖으로 가면서 연한 보랏빛으로 변했다. 작은 꽃송이들이 모이고 모여 꽃 무리를 이루었다. 그런 꽃 무리들이 또 모이고 모여 친한 친구들처럼 서로 기댔다. 잎은 땅 가까이에서 넓게 자리하고, 가는 줄기는 슬며시 하늘로 올라와 끝에서 정점을 찍은 모양새가 여리지만 단단해 보였다. 잎부터 줄기, 꽃잎까지 완벽했다.

이름을 알고 싶었다. 이모부는 이름 없이 볼 때 더 많은 새로움을 찾아낼 수 있다고 했지만, 이름도 모른 채 그 꽃을 좋아하기는 싫었다. 이름을 알아야 더 가까워지고, 그래야 더 정이 간다. 그 남자도 마찬가지다. 그냥 혼자 '황련'이라는 이름으로 부르기는 하지만 진짜 이름은 모른다. 이름을 안다면 훨씬 더 가깝게 느껴지고, 정말 가까워질 기회가 올지도 모른다.

꽃 이름을 알고 싶었지만 나 혼자 알아낼 길이 없었다. 아직 오전이라 이모부가 집에 있길래 꽃 이름을 물어봤지만 이모부도 몰랐다. 이모부는 꽃 사진을 찍어서 이모에게 보냈고, 이모는 곧바로 꽃 이름을 알려주었다.

앵초!

이름이 멋졌다.

'앵초, 앵초, 앵초.'

이름을 몇 번 되뇌었다. 이름에서 단맛이 났다. 이모가 알려준 앵초
꽃에 얽힌 이야기는 더 멋졌다.

프라이야(Freya)는 북유럽 신화에서 사랑을 관장하는 여신인데, 앵
초는 프라이야 신에게 바치는 꽃이라고 한다. 프라이야 신이 머무는
궁전에는 보물이 많았는데, 앵초꽃은 그 보물이 있는 창고 문을 여는
열쇠였다. 그래서 앵초꽃 꽃말은 '행복을 여는 열쇠'다. 이후 기독교
가 널리 퍼지면서 앵초꽃은 프라이야 신이 아닌 성모 마리아에게 바
쳐졌다.

이름도 알고, 얽힌 이야기까지 알고 나니 앵초꽃과 가까운 벗이 된
기분이었다. 그래서 그림 모임에서 그리는 내 첫 그림은 앵초꽃으로
정했다. 앵초꽃을 그리려면 사진을 찍어야 했다. 나는 휴대전화를 이
모부에게 빌려서 사진을 수십 장 찍었다. 사진을 찍으며 그림 선생님
이 한 말을 떠올렸다.

"그림을 볼 때는 대상이 아니라 대상을 보는 시선을 느껴보세요."

처음 들었을 때는 무슨 말인지 잘 몰랐다. 하지만 앵초꽃을 잘 표현
하는 사진을 찍으려고 하니, 이 말이 뜻하는 바를 어렴풋이나마 헤아
릴 수 있었다. 앵초꽃이 지닌 아름다움을 잘 드러내면서도, 앵초꽃을
보며 느낀 내 감정을 생생하게 담은 사진을 찍고 싶었다. 수십 장을 찍

어도 마음에 들지 않았다. 다시 찍고 또 찍었다. 수백 장을 찍은 뒤에 야 마음에 쏙 드는 사진을 만났다. 내 시선을 담은 사진, 내가 앵초꽃을 보며 느낀 감정을 제대로 살린 사진을 만나니 몹시 흐뭇했다. 이모부는 내가 찍은 사진을 현상소에서 인화해 주었다. 인화된 사진은 휴대전화로 볼 때와는 사뭇 달랐다. 앵초꽃이 더 실감 났고, 훨씬 다정다감했다.

그림 모임에 가서 사진을 보며 그림을 그렸다. 어릴 때 미술 학원에 다니며 익혔던 솜씨가 다 사라지지는 않았는지 제법 잘 그려졌다. 사진에 담아낸 앵초꽃을 그림으로 옮기기 위해 애쓰고 있는데, 선생님이 다가왔다.

"사진을 있는 그대로 그림으로 옮기려고 하지 마세요."

"저는 있는 그대로 그리고 싶어요."

"사진과 그림은 달라요. 굳이 사진처럼 그리려고 하면 사진만 찍으면 돼요. 이 사진은 꽃을 바라보는 시선이 생생하고 따뜻해요. 참 좋은 사진이지만 사진은 그림이 아니에요. 사진과 그림은 같은 대상을 표현하더라도 그 수단이 달라요. 같은 풍경이라도 걸어가면서 볼 때와 가만히 서서 볼 때가 다르잖아요. 같은 풍경이라도 어떻게 보느냐에 따라 다르게 느껴져요. 그림과 사진이 딱 그래요. 사진이 걸어가면서 만나는 풍경이라면, 그림은 가만히 멈춰서 만나는 풍경이죠. 사진이 순간을 긴 시간으로 바꾼다면, 그림은 긴 시간을 순간으로 응축하는 셈이에요. 그림은 길게 그 장면을 마주하고, 오래 느끼고, 오래 만나야 해요. 그러니까 지금 이 자리에서, 자기 느낌을 살려서 그려봐요. 사진을 찍는 순간에 만났던 감정은 이제 잊고 지금 이 순간, 이 자리에 충실하게 그림을 만나요."

무슨 말인지 알아듣긴 했지만 종이 위에 표현하기가 쉽지 않았다.

"빛이 어디서 오는지를 잘 생각해요. 그림은 빛이에요. 빛이 없으면 그림도 없으니까."

처음에는 내 그림에서 빛이 보이지 않았다. 골똘히 살피며 따져보니 조금씩 빛이 드러났다. 내 그림에 담긴 빛은 한 방향이 아니었다.

"여기보다 이쪽을 더 어둡게 해봐요. 꽃을 살리려면 잎을 살려야 하거든요."

나는 선생님이 이끄는 대로 손을 움직였다.

"그래, 그렇게! 그렇게 하니 그림이 살아나잖아요. 이게 바로 빛이에요. 은별이가 찾아낸 빛!"

손을 조금씩 조금씩 느리게 움직였다. 선생님 말씀대로 내 손끝에서 빛이 살아났다.

"내 잔소리가 조금은 도움이 되죠? 그림을 잘 그리려면 잔소리를 반갑게 받아들여야 해요."

'잔소리'라는 말이 엄마를 떠올리게 했다. 하루도 빠지지 않고 들리던 잔소리가 또다시 매섭게 귀를 후벼 팠다. 그 잔소리를 반갑게 받아들여야 한다고 생각하니 귀를 닫고 싶었다. 가슴이 답답하고 귀가 윙윙거렸다. 왼쪽 팔뚝에서 아릿한 아픔이 일어나더니 이마 한가운데로 아픔이 몰렸다. 참을 수 없을 만큼 아프긴 한데 이상하게도 고통스럽지는 않았다. 그런 상반된 감각은 내게 익숙했다. 손목이나 팔뚝을 그을 때도 고통스럽지만 시원했다. 피가 나는 곳이 아팠지만 머리는 더없이 맑았다.

이마를 찌르는 고통이 딱 그랬다. 이마 한가운데를 매만지니 낯선 기운이 손끝으로 전해졌다. 아픈 이마를 만지다가 무심결에 이마를 꾹 눌렀다. 갑자기 이마 속에 뭉쳐 있던 기운이 두 눈 쪽으로 확 쏠렸다. 눈 안으로 에너지가 흘렀다. 거짓말을 보게 만든 에너지와 흡사했지만 강도가 달랐다. 거짓말을 보이게 하는 에너지가 촛불이라면, 이마에서 눈으로 퍼진 기운은 달빛이었다. 이마에서 눈으로 점점 더 많은 에너지가 쏠리더니 어느 순간 노란빛이 확 퍼지면서 모든 빛을 삼켜버렸다. 어디를 봐도 노란빛이었다. 눈을 꼭 감아도, 눈을 비벼도, 머리를 세차게 흔들어도 그 노란빛은 사라지지 않았다.

'내 눈이 어떻게 된 걸까?'

덜컥 겁이 났다. 손이 떨렸다. 눈을 감은 채 이마에 대고 있던 손을 조심스럽게 내려 눈꺼풀을 만졌다. 슬슬 만지다 손가락으로 두 눈을 지그시 눌렀다. 좀 더 세게 눌러봤지만 아무것도 달라지지 않았다.

'설마, 내 눈이 멀어버린 거야?'

거짓말을 보게 된 뒤로, 가끔은 언젠가 이런 날이 올지도 모른다고 생각했었다. 눈 안을 흐르던 에너지가 내 눈을 집어삼키는 악몽도 숱하게 꾸었다. 그 걱정과 악몽이 현실이 되어 나타났고, 나는 그 현실을 버틸 힘이 없었다. 삶이 끝장나는 절망이었다. 그렇게 끝내고 싶은 삶이었는데 막상 끝에 도달하니 두렵기만 했다.

'괜찮아!'

익숙한 목소리였다.

'걱정하지 마!'

꿈결에 들었던 목소리였다.

'사진을 떠올려 봐.'

바로, 황련이었다.

'너만 볼 수 있는 앵초가 나타날 거야.'

말뜻을 이해하지 못해 의아해하는데 노란빛 사이에서 황련이 나타났다. 유리보다 투명한 손이 다가오더니 내 이마를 쓰다듬었다. 그러자 노란빛 사이로 앵초가 점점 그 모습을 드러냈다. 처음에는 내가 사진으로 찍었던 모습 그대로였지만 점점 느낌이 달라졌다. 겉모습은 같은데 빛이 달랐다. 마치 앵초꽃 안에서 빛이 일어나 제 모습을 다르게 바꾸는 듯했다.

"아! 저게 내가 끌렸던 앵초꽃이구나!"

나는 마음으로 떠올린 말인데 내 의지와 상관없이 입도 움직였다.

"괜찮아요?"

선생님이 내 어깨를 만졌다. 투명한 손도, 노란빛도, 앵초꽃도 순식간에 사라졌다. 다만 앵초꽃을 찍은 사진과 앵초꽃 그림만 눈앞에 있었다.

"네, 갑자기 어떻게 그리면 될지 떠올라서……."

"은별이가 정말로 그리고 싶은 앵초를 찾아냈나 보네요."

"그런 것 같기는 한데, 잘 모르겠어요."

"일단 그려봐요. 그리다 보면 드러나겠죠."

선생님은 내 어깨를 쓰다듬으며 웃음으로 용기를 주고 자리를 옮겼다. 호흡을 가다듬고는 손이 가는 대로 빠르게 앵초꽃을 그렸다. 사진에 얽매이지 않고, 노란빛 사이에서 드러났던 앵초꽃을 흰 종이 위에 그대로 옮겼다.

"그래요, 이게 바로 은별이가 만난 앵초꽃이에요!"

선생님은 내가 그린 앵초꽃을 보며 감탄했고, 다른 분들도 내 그림을 보며 칭찬을 쏟아냈다. 내가 보기에도 그림이 무척 마음에 들었다. 오랜만에 듣는 칭찬이 어색하면서도 참마음이 담긴 칭찬이라 반갑고 기뻤다.

그나저나 그 노란빛은 도대체 뭐였을까? 거짓말을 보는 내 저주와 노란빛은 무슨 관계가 있을까? 황련은 어떻게 노란빛 사이에서 나타난 걸까? 한밤중에 나를 불러낸 목소리가 황련과 똑같다니 도대체 무슨 일이 벌어지고 있는 것일까? 비 온 후에 잡초가 자라듯이 궁금증이 번졌지만 무슨 일인지 어림조차 할 수 없었다.

그날 그림 모임을 끝내고 집에 가려는데 그림 선생님이 종이 한 장을 내밀었다. 음악회 초대장이었다.

"시골마을 작은 음악회……. 와! 음악회를 하세요?"

"이번 주 일요일에 우리 남편이랑, 가까운 몇몇이 우리 집 마당에 모여요. 기타도 치고 노래도 부르며 어울리는 작은 행사예요. 은별이도 와서 즐기면 좋겠어요."

이런 시골에서 음악회라니 기대감으로 가슴이 설렜다.

"그럼요. 갈게요. 꼭 갈게요."

그 주 일요일 점심, 이모와 함께 선생님이 사는 동네로 갔다. 작은 도서관에서 그리 멀지 않은 곳이었다. 차를 도로 옆 빈터에 세우고, 선생님 집까지는 걷기로 했다. 골목길을 걷다가 돌담이 끝나는 곳에서 왼편으로 틀었다. 작은 소나무들이 줄지어 선 밭을 지나자 우거진 나무 사이로 차광막을 친 빈터에 사람들이 옹기종기 모여 있었다. 그늘진 빈터에 의자와 보면대, 기타로만 무대를 꾸몄고, 객석은 나무 의자와 돗자리로 만들었다. 우리가 가자마자 사람들이 기타를 치며 노래를 불렀다.

얼어붙은 달그림자 물결 위에 차고,
한겨울에 거센 파도 모으는 작은 섬~♪

'등대지기'라는 노래였다. 무대에 자리한 사람들은 기타를 치며 노래를 부르고, 객석에 앉은 사람들은 손뼉을 치며 즐거워했다. 무대와 객석은 몇 걸음이면 닿을 거리였다. 이제 막 걷기에 재미를 붙인 꼬마 아이가 무대와 객석 사이를 신나게 누볐다. 꼬마가 발을 내디딜 때마다 찍, 찍, 찍 소리가 박자를 맞추었다. 바람이 나뭇잎을 쓰다듬는 소리, 새들이 속삭이는 소리, 햇빛을 가리려고 쳐둔 차광막 틈새로 흔들리며 들어오는 햇살이 한데 어울리며 풍성한 교향곡을 빚어냈다.

노래가 끝나자 아이도 어른도 환호성을 질렀다. 흥겨움이 넘치며 "한 곡 더!" 소리가 자연스럽게 터져 나왔다. 기타 치던 분들은 "이제 겨우 두 달밖에 배우지 못해서 더 칠 곡이 없어요"라며 웃었다. 그래도 계속 응원과 환호가 이어지자 "별로 연습하지 않았으니 그런 줄 알고 들어주세요" 하며 한 곡을 더 연주했다.

저렇게 많은 별들 중에 별 하나가 나를 내려본다
이렇게 많은 사람 중에 그 별 하나를 처다본다
밤이 깊을수록 별은 밝음 속에 사라지고,
나는 어둠 속으로 사라진다~ ♬

'어디서 무엇이 되어 다시 만나랴'라는 노래였다. 노래는 가볍고 신나는데 노랫말은 전혀 가볍지 않았다. 나는 앞으로 어디서 무엇이 될까? 내 나비는 어디 있고, 꽃송이는 또 어디 있을까? 흥겹게 부르는 노랫말 사이로 내 걱정은 깊고 낮게 가라앉았다. 엄마 품에 있던 아이가 앞으로 나와 손을 흔들고 발을 구르며 신나게 몸을 놀렸다. 아이를 바라보는 어른들 얼굴에 웃음꽃이 피고, 손뼉 치는 소리가 힘차고 경쾌하게 울렸다. 이제 막 걸음마를 배운 아이부터 흰머리를 휘날리는 어르신까지 다 같이 어울려 흥겹게 음악을 즐겼다. 오직 나만 음악이 아니라 상념에 빠져 헤맸다.

'이방인이 되지는 말자!'

'그냥 이곳, 지금 흐르는 이 음악을 즐기면 돼!'

'고은별, 정신 차려!'

그냥 오롯이 음악에 젖어보기로 했다. 함께 손뼉을 쳤다. 가사는 잘 몰랐지만 흥얼거리며 따라 했다. 처음에는 억지였는데 점점 자연스럽게 몸이 따라 움직였다. 바람과 햇살도 춤을 추고, 사람들 사이로 흥겨움이 넘실거렸다. 내 마음도 산들산들 흔들리더니 새싹이 움트듯 내 안에 없던 흥이 솟아났다. 따지고 보면 없던 흥이 아니다. 나도 어릴 때는 아무 곳에서나 아무 때나 춤을 추는 귀여운 꼬마였다고 한다. 엄마가 보여주는 동영상 속 아이는 내가 아닌 것 같았다. 우리 집에 나 말고 그럴 아이가 없으니 분명히 나일 텐데, 나 같지 않았다. 내 안에 넘치던 흥겨움은 점점 짓눌렸고, 그러다 어느새 흥이 있는지조차 모르게 되었다.

바람과 햇살과 노래와 박수와 웃음과 향기가 어울리는 이 봄나들이 음악회에서, 억눌렸던 내 흥이 다시 살아났다. 수줍게 피어난 꽃봉오리처럼, 아기 볼에 피어난 발그레한 연분홍빛처럼, 나도 다시 박자를 맞추고, 고개를 흔들며 몸을 음악에 내맡겼다. 이어폰으로 듣는 음악이 세상 소리를 막기 위한 것이었다면, 이 작은 음악회에서 듣는 음악은 닫힌 마음을 열기 위한 것이었다.

기타 연주가 끝나자 머리 희끗한 어르신이 색소폰을 메고 나왔다.

"우리 남편이야!"

선생님이 환하게 웃으며 자랑했다.

"와! 멋져요."

나는 환호성을 지르며 손뼉을 쳤다.

선생님 남편분은 밀짚모자를 쓰고 색소폰을 불었다. 구부러진 색소폰에서 나오는 소리는 나를 감싸는 듯하면서도 툭툭 건드렸다. 소리가 지닌 부드러움에 빠져들고 싶었지만, 쇠를 거치며 나오는 날카로움이 온전히 연주에 젖어 들지 못하게 막았다. 때마침 지나가며 종알거리는 새 소리가 절묘하게 어울리며 색소폰과 박자를 맞추었다. 목관악기가 시골에서 누리는 낭만이라면, 금관악기는 도시에서 맛보는 낭만을 닮았다. 도시를 닮은 소리가 나무와 꽃과 바람과 햇살이 눈부신 시골마을에 울려 퍼졌다. 나를 닮은 음색이었다. 도시에서 태어나 도시밖에 모르고 자라다가, 그 도시가 내뿜는 독기에 몸과 마음을 다친 뒤 몸과 마음을 되살리려고 찾아온 나. 내가 바로 색소폰 소리였다.

'forever with you(영원히 너와 함께)'라는 노래를 끝으로 색소폰 연주가 끝났다. 더 듣고 싶었지만 이제 점심 먹을 시간이었다. 사람들은 각자 집에서 싸 온 반찬과 채소로 점심상을 차렸다. 특별음식인 돼지고기는 선생님 남편분이 내왔다. 항아리 안에 숯불을 피워 구운 돼지고

기였는데, 그렇게 맛있는 돼지고기는 태어나서 처음 먹어보았다. 고기를 쇠꼬챙이에 꿰어서 걸어두면 항아리 안에 가득한 열기가 고기를 굽고, 기름기는 쏘옥 빠진다. 숯불 향이 깊게 배고 기름기가 쏙 빠진 고기는 더할 나위 없이 혀를 행복하게 했다. 다른 분들이 가져온 음식도 하나같이 맛있었다. 산들바람을 맞으며 점심을 먹는 내내 웃음꽃과 이야기꽃이 끊임없이 피어났다.

점심 식사가 끝나자 사람들은 다시 기타를 치고, 노래를 부르며 놀았다. 미리 준비한 음악은 아니었다. 즉석에서 노래를 고르고 기타를 치며 어울렸다. 나도 함께 음악회를 즐기는데 낯익은 향기가 나를 잡아끌었다. 그 향기였다! 한순간도 잊지 않았던 바로 그 향기였다. 향기에 이끌려 음악회 장소를 빠져나왔다. 향기는 돌담길을 지나 아담한 시골 골목길로 나를 이끌었다. 햇살마저 향기를 흘리며 내 앞길을 열어주었다. 구불구불한 시골길을 향기에 취해 걷다가 냇물 옆에 선 큰 나무 앞에 멈춰 섰다. 나무에서 짙은 향기가 났다. 천천히 나무 곁으로 다가갔다.

큰 나무를 두세 바퀴 돌았다. 수백 년은 살아온 나무였다. 몸통 곳곳에 파이고 아문 자국을 품은 나무였다. 몇백 년을 살았으니 당연히 온갖 생채기가 났을 테고, 살아남았으니 그 아픔을 모두 이겨냈다는 말이다. 그 많은 고통을 어떻게 이겨냈는지 물어보고 싶었다. 생채기 몇 번에도 나는 이렇게나 힘든데, 팔뚝에 남은 흉터 몇 개도 버티기 힘든데, 겨우 십여 년을 살고도 이리 괴로운데 어떻게 수백 년을 살았을까? 어떤 힘이 수백 년을 버티게 해주었을까? 궁금했지만 나무는 아무런 답을 주지 않았다.

갑자기 바람이 세게 불었다. 흙먼지가 날려서 눈을 감았다. 흙먼지가 얼굴에 부딪혀서 두 손으로 얼굴을 가렸다. 세찬 바람이 손등에 와서 부딪혔다. 눈을 뜨지 않았는데, 분명히 손으로 얼굴을 다 가렸는데 또다시 노란빛이 나타났다. 세상이 온통 노란빛이었다. 한 무리였던 노란빛은 점점 작은 무리로 쪼개져 움직였다. 작은 노란빛은 노란 꽃잎으로 바뀌었고, 노란 꽃잎이 눈길 닿는 모든 곳을 가득 채웠다.

"안녕!"

그 목소리였다. 간절히 듣고 싶던 그 목소리!

목소리가 들리자 사방에 가득했던 꽃잎이 눈 깜짝할 사이에 사라지고, 큰 나무가 다시 나타났다.

"앗, 깜짝이야!"

나는 화들짝 놀라 뒤로 물러나다 넘어질 뻔했다.

"어이쿠, 괜찮아?"

창피했다.

"네, 괜찮아요."

황련 둘레로 노란빛이 떠다녔다. 착각일까?

"'괜찮아요'가 뭐니? 그냥 '괜찮아'라고 해."

반말하라는 부탁이 참 귀여웠다. 나는 배시시 웃었다.

"그럴……게."

다시 만나면 물어보고 싶은 말이 마구 쏟아져 나올 줄 알았는데, 막상 만나니 무슨 말을 해야 할지 하나도 떠오르지 않았다.

"참 아름다운 풍경이야. 오랫동안 이곳을 지켜봤지만 볼 때마다 참 아름다워."

'네가 더 아름다워.'

이렇게 말하고 싶었지만, 그 말이 밖으로 나오지는 않았다.

"여기 앉을래?"

황련이 땅 밖으로 고개를 내민 나무뿌리를 가리켰다. 돌무더기 사이로 굵은 나무뿌리가 삐져나왔는데, 두 사람이 앉기에 딱 알맞았다. 황련이 먼저 앉고, 내가 그 옆에 앉았다. 가까이 앉으니 황련에게서 피어난 향기가 더욱 진하게 코를 간질였다. 향기를 맡으면 맡을수록 몽롱한 기분에 젖어 들고, 피가 혈관을 타고 빠르게 흘렀다. 우리는 말 없이 앞만 바라보았다. 나란히 앉아 같은 곳을 봤다. 같은 풍경을 보고 있기만 해도 마음과 마음이 이어진 듯해서 참 좋았다.

갑자기 작은 회오리가 일었고, 흙먼지가 얼굴 쪽으로 확 다가왔다. 깜짝 놀라서 나도 모르게 눈을 감고 손으로 얼굴을 가렸다. 잔잔해진 느낌이 들어 손을 내리고 눈을 떴다.

"어머!"

까만 눈동자가 바로 내 눈앞에 있었다. 빛 한 줌 없는 우주처럼 깊고 짙은 눈동자였다. 영혼마저 끌어당길 검은빛이었다. 심장이 멎을 만큼 황홀한 느낌에 젖어 드는데, 황련은 빙그레 웃더니 살그머니 뒤로 물러났다. 나는 재빨리 눈길을 다른 곳으로 돌렸다. 얼굴이 화끈거렸다.

황련이 투명한 손으로 내 이마를 살포시 쓰다듬었다.

"아~!"

나도 모르게 입이 열렸다. 이마 위로 포근한 기운이 봄 햇살처럼 퍼졌다. 이마에서 시작된 기운은 핏줄을 타고 몸 구석구석으로 퍼졌다. 콩콩거리던 심장도 차분히 가라앉았다.

갑자기, 이 모든 부드러움을 깨뜨리는 아픔이 파고들었다. 황련이 다른 손으로 왼 손목을 감싸 쥐었기 때문이다. 손목이 불에 덴 듯 아팠다. 상쾌한 기분이 들었던 이마에서도 불이 일었다. 끔찍한 고통에 소리를 지르고 싶었지만, 목이 꽉 막혔다. 그만, 그만, 그만해! 황련을 보았다. 제발 그만하라고 눈빛으로 말했다. 황련은 두어 번 내 팔을 쓰다듬더니 손을 떼었다.

황련이 손을 떼자 손목에서는 아픔이 사라졌지만, 영혼을 좀먹던 아픔은 맹렬하게 되살아났다. 불벼락이 몰아치듯 온몸으로 고통이 밀려들었다. 슬픔과 분노와 원망과 후회가 뒤엉키며 심장을 쥐어짰다. 숨쉬기가 힘들었다. 시커먼 연기가 가득한 밀실에 갇힌 기분이었다. 이대로 가다간 죽을 것 같았다.

우우우~ 아득하게~ 그 옛날~ 손길이 닿으면~ ♪

황련이 노래를 불렀다.

우우우~ 그 아픔~ 이대로 빗물에 씻겨
그대로~ 저 멀리 사라지길~ 우우우~ ♫

내 고통을 어루만지는 노래였다. 노랫소리가 내 심장을 푸근하게
감쌌다. 고통이 잦아들며 서서히 숨이 쉬어졌다. 몸이 가라앉았다. 눈
이 감겼다. 고통은 저 멀리 사라지고, 행복이 잔물결을 일으키며 이마
와 팔뚝을 간지럽혔다. 다시 노란빛이 나타났다. 온 세상이 노랑으로
뒤덮였다.

"빠지직!"

갑자기 날카로운 칼날이 두꺼운 가죽을 찢어발기는 듯한 소리가
들렸다. 무슨 일이 일어나는지 확인하고 싶었지만 아무리 눈에 힘을
주어도 노란빛밖에 보이지 않았다. 그러다 보랏빛 먼지가 뿌옇게 일
어나더니 노란빛을 포위했다.

"놓치지 마!"

손톱으로 쇠문을 긁을 때 나는 듯한 징그러운 목소리였다. 소름이
쫙 끼쳤다. 손끝이 떨렸다. 노란빛은 사방에서 조여 오는 뿌연 먼지에
갇혀 점점 찌그러졌다.

"끄으윽!"

고통에 찬 비명이 가슴을 후벼 팠다. 심장이 빠르게 뛰었다. 심장이

뼈를 뚫고 튀어나올 듯 격렬하게 요동쳤다. 심장에서 나온 피가 온몸으로 휘몰아쳤다. 팔뚝에 난 상처가 부풀어 올랐다. 핏빛이 왼팔에서 소용돌이쳤다.

"으윽."

이제껏 겪어본 적이 없는 통증이었다. 온 신경이 마비될 만큼 강렬했다. 팔뚝이 찢어졌다. 상처를 뚫고 피가 사방으로 튀었다. 핏빛이 보랏빛 먼지를 날카롭게 찔러댔다. 핏빛과 보랏빛이 뒤엉키며 부딪쳤다.

"까강!"

칼과 칼, 창과 창이 부딪치는 소리 같았다. 한동안 충돌이 이어지더니 수십 장이나 되는 유리가 한꺼번에 깨지는 것 같은 소리가 났다.

"결계가 깨지다니!"

"이게 어떻게 된 거야?"

"빌어먹을! 또 놓쳤어."

당황하는 말이 들리더니 이내 보랏빛도 노란빛도 핏빛도 사라졌다. 빛이 사라지면서 풍경이 조금씩 드러났다. 처음 풍경 그대로였다. 아무것도 변한 게 없었다. 황련은 사라지고 나만 혼자 나무뿌리에 앉아 있었다.

심장은 서서히 원래대로 돌아왔다. 팔뚝을 살폈다. 핏물이 팔에 흥건했다. 내가 그었던 모든 상처에서 핏물이 스멀스멀 배어났다. 핏물이 바닥으로 뚝뚝 떨어졌다.

"은별아!"

이모 목소리였다.

"여기서 뭐 해?"

나는 아무 말도 하지 못했다.

"여기 경치가 참 예쁘지? 이모도 처음 보고……."

부드럽게 이어지던 목소리가 뚝 끊겼다.

"이런, 이게 무슨 일이야?"

이모가 화들짝 놀라며 내 팔을 움켜잡았다.

두 얼굴

04

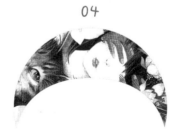

이모는 처음에만 잠깐 놀랐을 뿐 차분했다. 엄마처럼 호들갑을 떨지 않았다. 빠르게 응급처치를 하고는 곧바로 병원 응급실로 나를 데려갔다. 심하게 찢어진 곳은 꿰매고, 그렇지 않은 곳은 간단한 처치를 받았다. 간호사가 팔목이 찢어진 이유를 여러 번 물었지만, 이모는 아무런 대꾸 없이 그냥 치료만 해달라고 했다. 손목에서 팔꿈치까지 붕대를 칭칭 감은 채 응급실에서 나오니 이미 어둠이 찾아온 뒤였다. 이모는 큰길을 빠져나와 좁은 산길로 차를 몰았다. 차창을 내리고 달려서 시원한 바람이 차 안으로 쏟아져 들어왔다. 나는 말없이 이모 옆자리에 앉아 밖으로만 시선을 두었다.

"나는 이 길이 참 좋아."

말없이 운전만 하던 이모가 조명에 반짝이는 저수지 둘레 길에 들어서자 입을 열었다.

"오르락내리락하고 구불구불한 모양새가 딱 사람 사는 꼴을 닮았거든."

나는 시선을 이모 쪽으로 돌렸다.

이모는 더는 말을 잇지 않았다. 가만히 앉아 운전에만 집중했다. 작은 차는 오르막길에 들어서자 힘에 부치는지 뒤뚱거렸다. 이리저리 뒤틀린 길 탓에 몸도 좌우로 심하게 흔들렸다. 고개를 힘겹게 넘자 제 모습을 반쯤 감춘 산들이 드러났다. 이모는 잠시 차를 멈춰 세웠다.

"나는 이 길 중에서 여기가 가장 마음에 들어."

크고 작은 산들이 꼬리에 꼬리를 물고 사방팔방으로 퍼져나가는 풍경이 눈에 들어왔다. 어둠에도 산들은 전혀 기죽지 않고 꼿꼿하게 버티고 서서 흔들리는 나를 비웃었다.

"죄송해요."

"뭐가?"

이모가 되물었다. 뜬금없는 물음이었다. 죄송하다는데 이유를 물으니 뭐라고 해야 할지 선뜻 떠오르지 않았다.

"즐겁게 음악회를 즐기시는데 저 때문에……"

"네 탓이 아니잖아."

"네?"

"네 잘못이 아니라고."

뜻밖이었다. 엄마와 아빠는 틈만 나면 내 탓이라고 했다. 내가 내 손목을 그었을 때도 나를 타박하고, 내 나약함을 나무랐다. 그런데 내 잘못이 아니라니……. 어떻게 반응해야 할지 종잡을 수가 없었다.

"네 잘못이 아니니 죄송해하지 마. 네 잘못일 때만, 피해자가 당하는 고통이 네 고통처럼 느껴질 때만, 그럴 때만 죄송하다고 하는 거야."

심장에서 뜨거운 기운이 끓어올랐다. 난생처음 느끼는 낯선 기운이었다. 몸을 휘감은 기운이 이마로 몰려들었다. 다시 통증이 올 것 같아서 이를 앙다물었는데, 아무것도 느껴지지 않았다. 뭐라고 형언하기 어려웠다. 이모 얼굴이 노란빛으로 휘감기더니 아무것도 보이지 않았다. 시선을 차창 밖으로 돌리고는 지그시 눈을 감았다. 눈꺼풀이 닫혔는데도 노란빛은 사라지지 않았다. 내가 아무 말도 하지 않자 이모는 서서히 차를 출발시켰다. 차가 달리는 내내 나는 눈을 채운 노란빛이 사그라지기를 기다리며 가만히 숨을 쉬었다. 집에 거의 다 왔을 때쯤에야 노란빛이 사라지며 눈이 정상으로 돌아왔다.

그다음 날부터는 집에서만 지냈다. 점심에 이모부랑 밥 먹는 시간을 빼고는 방에 틀어박혀 책만 읽었다. 이모가 퇴근하면 같이 저녁을 먹고, 다시 내 방에 틀어박혔다. 그렇게 며칠을 보내고 난 어느 오후였다.

팔뚝을 소독하고 다시 붕대를 감았는데, 갑자기 숨이 막힐 만큼 답답했다. 에어컨에서 시원한 바람이 불었지만 답답한 속을 풀어주지는 못했다. 창밖을 멍하니 바라보다가 밖으로 나왔다. 정원에 핀 꽃들을 구경했다. 며칠 동안 이어진 더위 탓에 몇 걸음 걷지도 않았는데 땀이 났다. 햇살이 칼날처럼 살갗을 파고들었다. 나무 그늘에 놓인 작은 평상에 앉았다. 몸을 구부정하게 구부리고, 산과 하늘이 손을 잡고 만든 곡선에 시선을 고정했다. 하얀 새 한 마리가 하늘과 산이 만든 경계를 아슬아슬하게 넘나들며 날아갔다.

"에고, 콜록콜록!"

오래된 기침에 저절로 눈이 돌아갔다. 집 옆으로 난 길에 나이 드신 할아버지 한 분이 보였다. 할아버지는 삐쩍 마른 몸에 낡고 지저분한 옷을 걸친 채 한 손에 삽을 들고 구부정하게 걸으며, 가파른 오르막길을 올라오고 있었다. 허리를 구부리고 좌우로 심하게 흔들며 걷는 자세가 몹시도 불안해 보였다. 길가로 걸으면 좋으련만 불안하게 도로 한복판으로 걸었다. 위에서 내려오던 차가 위험천만하게 할아버지 옆을 스쳐 지나갔다. 할아버지는 잠깐 멈추더니 삽으로 바닥을 짚고 허리를 폈다. 나와 가까운 곳이라서 할아버지 얼굴이 자세히 보였다.

새까맣게 탄 얼굴은 평생을 햇볕 아래서 일한 흔적인 것 같았다. 깊이 파인 주름은 편히 살아본 적 없는 세월이 남긴 고통이었고, 앙다문 채 웃음기 하나 없이 거친 입술은 짙은 외로움이었으며, 칙칙한 그늘에 눌린 눈은 오랜 세월 겪어온 시련이 남긴 그림자였다. 얼굴과 몸과 옷과 걸음이 모두 아프고 슬프고 괴로워 보였다.

할아버지는 다시 삽을 들고 오르막길을 걸었다. 위태롭게 걷는 할아버지 뒷모습을 따라 내 시선이 움직였다. 가슴 한편이 쓰리고 아렸다. 할아버지가 오랜 세월 겪었을 시련과 고통, 달궈진 아스팔트 도로를 뜨거운 햇살을 받으며 걷는 위태로움이 나를 무겁게 짓눌렀다. 삶은 왜 저렇게 힘겨워야 하는가? 내게 남은 긴 세월을 나는 살아낼 수 있을까? 십 대만 해도 이렇게 괴로운데, 뒤에 남은 세월은 또 얼마나 힘겨울까? 나도 늙으면 저 할아버지처럼 구부정한 허리를 하고 위태롭게 도로 한복판을 걷게 될까? 저 쓸쓸함을 나도 맛봐야 할까?

갑자기 온몸이 아팠다. 잔뜩 얻어맞고 온몸에 피멍이 들었을 때처럼 아팠다. 속에서 불길한 열기가 울컥 치밀었다. 열기가 붕대를 감은 팔뚝으로 몰려갔다. 찢어진 살갗을 꿰맨 실밥이 팽팽하게 당겨졌다.

"아프지?"

처음엔 잘못 들은 줄 알았다.

"삶은 처음부터 끝까지 아픔이야."

옆을 봤다. 황련이었다.

반가움에 잠깐 통증이 사라졌다.

'이상해!'

느낌이 달랐다. 하늘거리던 머릿결이 바람이 불어도 나풀거리지 않았다. 투명하던 눈동자는 잿빛에 가까웠고, 청아하던 목소리는 무더운 기온처럼 탁했다.

"우린 모두 고통 속에서 살 수밖에 없어. 고통이 파놓은 굴레에서 벗어나지 못해."

음습하고 둔탁한 공기가 나를 짓눌렀다. 숨쉬기도 힘들었다. 코로 들어온 공기가 폐를 쥐어짰다. 속이 부대꼈다. 간신히 봉합한 상처가 다시 터지려고 발버둥을 쳤다.

넌 착해.

    – 아니, 착한 척하기는.

노력하면 될 거야.

    – 아니, 네가 한다고 되겠니.

약속 지킬게.

    – 아니, 내가 왜 지켜?

너밖에 없어.

    – 아니, 널 이용해먹을 거야.

널 사랑해.

    – 아니, 널 내 마음대로 할 거야.

…….

그럴싸하게 꾸며낸 거짓말이 내 눈에 보일 때마다 겪었던 아픔과 배신감이 날카로운 비수가 되어 나를 찔러댔다.

이건 안 돼.

저건 안 돼.

노력해.

짜증 나.

나대지 마.

잘난 척하기는.

지랄하네.

…….

나를 괴롭힌 얼굴들이 쏟아낸 잔인한 말들이 공기와 뒤섞여 내 몸을 뒤틀었다. 토할 것 같았다. 황련이 내 왼 손목을 잡았다. 왼 손목에 통증이 몰려왔다. 불에 달군 송곳으로 살갗을 후벼 파는 듯했다. 놓아 달라고 말하고 싶었지만, 입술도 혀도 꼼짝할 수가 없었다. 손을 빼내고 싶었지만, 신경이 마비된 듯 손끝 하나 움직일 수가 없었다.

"보여줄 게 있어."

황련이 왼손으로 내 두 눈을 툭 건드렸다. 그러자 온 세상이 검은빛으로 뒤덮였다. 빛 한 줌 없는 완벽한 어둠이었다. 그대로 있다가는 내 호흡조차 멎어버릴 듯했다. 참았던 숨을 토해내니 조금씩 빛이 나타났다. 하나둘 불빛이 들어오고 어둠이 서서히 밀려나며 익숙한 풍경이 드러났다. 48층 아파트에 틀어박힌 내 방 창문으로 내다보던 바로 그 풍경이었다.

엄마는 내가 자해를 반복하자 혹시 뛰어내릴지도 모른다는 걱정에 내 방 창문에 쇠창살을 달았다. 어처구니없는 짓이었다. 뛰어내리려고 작정하면 뛰어내릴 창문이 넘쳐나는 아파트에서 내 방 창문에만 쇠창살을 달다니. 그 쇠창살을 볼 때마다 뛰어내리고 싶은 충동이 더 커진다는 사실을 엄마는 몰랐다. 쇠창살이 달린 창문에 갇힌 가엾은 내 운명이 슬펐다. 차마 뛰어내리지 못해 수없이 망설이던 시간들은 악몽이었다. 그래도 한밤중에 쇠창살 사이로 어둠과 빛이 뒤엉킨 풍경을 바라보는 건 내 유일한 위안이기도 했다. 악몽이면서 위안이라는 기묘한 뒤틀림이었다.

황련이 보여준 풍경에 애써 모른 척했던 시간들이 되살아났다. 이모 집에 와서 보낸 시간이 악몽으로 점철된 시간에 밀려나지 않도록 이를 악물고 붙잡았다. 그 사이에 빛은 점점 많아졌고, 어둠은 저 멀리 밀려났다. 그때 갑자기 시커먼 구름이 몰려오더니 빛을 집어삼켰다. 잠깐 동안 눈에는 먹구름밖에 보이지 않았다. 먹구름 안에서 작은 불꽃이 일었다. 불꽃은 소용돌이를 일으키며 점점 먹구름 사이로 퍼져나갔다.

크아아~~ 카아아~악~~~!

구름이 울부짖었다. 하늘과 땅을 찢어발길 만큼 무서운 한을 품은 울음이었다. 구슬픈 울음이 천지사방을 가득 채웠다. 날카로운 빛과 광기 어린 소음이 온 대기를 집어삼킬 듯 회오리치며 퍼져나갔다.

끄어억~~!

신음이었다. 참을 수 없는 신음이었다.

"끄흑!"

나에게서도 신음이 나왔다. 그만하라고, 제발 멈추라고 말하고 싶지만 나오지 않았다. 고통이 나를 집어삼켰다.

내 신음에 맞춰 먹구름 가운데서 강렬한 바람이 일었다. 돌개바람이 대지를 내리쳤고, 하늘 전체에서 강렬한 불꽃이 일었다. 엄청난 번개였다. 태어나서 단 한 번도 본 적이 없는 번개였다. 상상으로도 떠올려 본 적이 없는 번개였다. 수천, 아니 수만 가닥으로 찢어진 번개가 대지를 내리쳤다. 번개는 도시 곳곳에 쉼 없이 떨어졌다. 피뢰침 따위는 소용없었다. 곳곳에서 불길이 치솟았고, 돌풍은 불꽃을 거대한 악마로 키워냈다. 뒤이어 우박이 쏟아졌다. 주먹보다 큰 우박이었다. 어떤 우박은 사람 머리보다 컸다. 허공을 꽉 채운 우박이 닥치는 대로 도시와 생명을 파괴했다. 번개와 돌풍, 불꽃과 우박이 온 도시를 집어삼켰다. 사람과 생명이 내지르는 비명이 대지와 하늘을 뒤덮었다.

온몸에 소름이 돋았다. 발끝부터 머리끝까지 공포가 밀려왔다.

"저거 가짜지? 그렇지?"

부들부들 떨며 겨우 입을 열었다.

"아니 진짜야. 곧 네가 보게 될⋯⋯."

황련은 차갑게 대꾸했다.

거대한 불길은 세상을 잿더미로 만든 뒤에야 점차 수그러들었다. 불이 휩쓴 세상은 처참했다. 온통 잿빛이었고, 살아남은 생명은 보이지 않았다. 바람마저 잿빛이었다. 숨이 막혔다. 공기 한 모금도 들이쉬기 힘들었다.

"그만, 그만, 그만! 나 죽을 것 같아. 그만!"

흐느껴 울고 싶었지만 울 수가 없었다. 나를 짓누른 공포는 울음마저 빼앗아버렸다. 숨을 들이켰다. 조금씩, 아주 조금씩 숨이 열렸다. 공기도 점점 맑아졌다. 황련이 슬며시 내 손을 놓았다. 오른손으로 왼손목을 만져보니 핏물이 느껴졌다. 핏물을 닦았다. 오른손을 눈앞으로 가져왔는데, 손이 보이지 않았다. 잿빛 풍경 사이로 흐르는 붉은 물감만 선명했다. 붉은 물감, 내가 참 좋아하던 물감이었다. 내가 즐겨쓰던 색이었다. 엄마는 참 싫어하던 색이었다. 붉은 물감과 함께 옛 상처가 되살아났다. 다시 칼을 손에 쥐고 싶어졌다.

미술 학원을 그만 다니라고 한 지시에 따르지 않자 화를 내며 내 그림 도구를 모조리 부숴버린 엄마, 공부 잘하고 성품도 곱고 애교도 많은 어느 집 딸 이야기를 꺼내며 나를 비난하던 아빠, 아무 문제 없이 같이 어울리다 갑자기 나쁜 소문을 내고 나를 괴롭힌 동료들, 나를 왕따에 빠뜨린 원흉이었던 오래된 친구, 1점이라도 더 얻으려고 몸부림치며 경쟁하던 핏발선 눈동자들, 지위를 이용해 온갖 히스테리를 학생들에게 마구 쏟아내던, 선생님이라는 호칭이 사치스럽게 느껴지던 교사들, 그 모든 인간을 지워버리기 위해 칼을 들고 싶었다.

"그래, 다시 칼을 들어! 모든 걸 없애버려!"

사악한 목소리가 나를 유혹했다. 퀴퀴한 냄새가 후각을 마비시켰다.

"네 증오를 숨기지 마."

황련이 재촉했다.

너에게 털어놓으면 내 고통이 덜어질까? 아무에게도 꺼내놓지 않았던 비밀을 열면 이 사슬에서 조금은 벗어날까? 사라지지 않으면 어때? 조금이라도, 잠시라도 벗어날 수만 있다면…….

나는 쇠창살 밖으로 펼쳐진 잿빛 도시를 무덤덤하게 바라보며 옛일을 끄집어냈다. 무미건조한 낱말들이 마치 내 일이 아닌 듯 흘러나왔다.

그림 도구들이 엄마 손에서 부서질 때 내 영혼까지 파괴되는 아픔을 겪었다는 말은 하지 않았다. 다른 애들과 날 비교하는 아빠 말을 들을 때마다 자존감이 곤두박질치는 절망에 빠져들었다는 말도 하지 않았다. 동료들에게 지독한 왕따를 당하면서 스스로가 벌레만도 못하다는 자괴감에 괴로웠다는 말도 하지 않았다. 오랜 친구가 나를 함정에 빠뜨리고 배신한 까닭이 티끌만큼 작은 허물을 감추기 위해서였다는 것도, 그 사실을 알고 느꼈던 허탈감이 얼마나 지독했는지도 말하지 않았다. 눈에 핏발이 선 채 경쟁할 때마다 사자에게 쫓기는 새끼 사슴이 된 듯한 공포를 맛보았다는 말도 하지 않았다. 기분 내키는 대로 학생들을 대하는 미치광이 같은 교사들, 그들을 대할 때마다 나도 똑같이 미친 짓을 하고 싶은 충동을 참느라 괴로웠다는 말도 하지 않았다.

그리고 거짓말을 볼 줄 아는 내 저주받은 능력 때문에 그 모든 사건이 벌어졌다는 사실도 말하지 않았다. 그렇지만 그때 겪었던 일들만은 그대로 전했다. 켜켜이 쌓인 고통이 얼마나 지독한지, 내 능력에 깃든 저주가 얼마나 무서운지는 말하지 않았지만, 그 고통 한 겹은 슬쩍 들춰서 보여주었다.

"이 팔에 난 상처, 모두 내가 그은 거야."

황련이 더 세게 내 왼 손목을 움켜잡았다. 피가 스멀스멀 빠져나가는 게 느껴졌다. 다시 칼날이 파고드는 듯했다.

"견딜 수 없었어. 긋지 않고는 그 순간을 버틸 수 없었어. 남들은 내가 죽으려고 내 팔을 그은 줄 알지만, 나는 죽지 않으려고 그랬어. 살고 싶었어. 그대로는 정말 살기 버거웠으니까. 더는 버티기 힘들어서, 이대로라면 죽을지도 모른다는 공포에서 벗어나려고 그어버렸어."

피투성이가 된 손목, 피범벅이 된 방, 놀란 엄마가 지르던 고함이 느린 화면으로 떠올랐다. 그때 엄마가 쏟아낸 반응은 그 어느 때보다 진실에 가까웠다. 거짓 한 점 없이 순수하고 깨끗한 반응이었다. 그 반응이 무척이나 통쾌하고 신선했다.

"내가 쏟아낸 선홍색 피를 여러 번 본 뒤에야 엄마는 더는 나를 몰아붙이지 않았어. 아빠 입에서도 공부 이야기가 사라졌어. 히스테리를 부리던 선생들은 내 눈치를 보고, 친구라는 이름을 뒤집어쓴 원수들은 나를 두려워했어. 툭하면 거짓을 쏟아내던 입들이 더는 내 앞에서 벙긋대지 않았어. 내 귀는 편해졌고, 관계는 백지가 되었어. 그런 상황이 되니 한편으로는 자유로웠지만, 그래서 더욱 견디기 힘들어서 미쳐버리는 줄 알았어. 나는 살고 싶어서 더 심하게 그었고, 상처는 손목에서 팔뚝으로 점점 늘어났지. 이러다 더 위도 긋겠다 싶었고. 그러면 죽는 거잖아. 나는 살고 싶어서 이곳에 왔어. 나는 죽고 싶지 않아. 그래서 죽음이…… 두려워. 저 새빨간 불꽃이 토해낸 잿빛 재앙이 두려워."

그 말을 하면서도 내 목소리는 전혀 떨리지 않았다. 눈물 한 방울도 흘리지 않았다. 내가 꼭 해야 할 말을, 어둠 깊이 감춰둔 내 비밀을 드러내지 않았기 때문이라는 걸 나는 안다. 그 비밀을 보여줄 수는 없었다. 그 누구에게도!

"네가 겪은 그 수많은 고통이 보여주었잖아. 삶은 괴로움이야. 여기서 누리는 평화는 잠깐이고, 넌 다시 현실이라는 지옥 불에서 살아야 해. 아무리 달려봐야 길 끝에는 절망뿐이지. 무너진 저 도시를 봐. 이 세상은 결국 저렇게 될 거야. 피할 수 없어."

핏물이 실밥을 헤집고 터져 나왔다. 칼날이 내 팔을 마구 할퀴었다. 아파야 하는데 아프지 않았다. 고통에 몸부림쳐야 하는데 오히려 시원함을 느꼈다. 잿빛에 나뒹구는 세상이 반가웠다. 남은 세상도 모조리 태워버리고 싶은 욕망이 부글부글 끓었다. 황련이 왼 손목을 더욱 거세게 움켜쥐었다. 상처에서 뿜어져 나온 핏물이 내 얼굴까지 튀지 않았다면 아마 나는 그대로 잿빛 욕망에 물들어버렸을 것이다.

핏물이 얼굴에 느껴지자 두려움이 몰려왔다. 또다시, 죽을지도 모른다는 공포가 몰려왔다.

"그만! 그만해!"

소리를 질렀다. 온 힘을 다해 소리를 질렀다. 울부짖음이 긴 파동을 남기며 사라질 때쯤 잿빛 풍경도, 황련도 사라지고 없었다.

그날 밤부터 몸에서 열이 났다. 열이 펄펄 끓었다. 약을 먹으면 잠깐 열이 내렸다가 곧바로 올라갔다. 이모는 입원하는 게 낫겠다고 했지만 나는 거부했다. 아무것도 씹을 수 없어서 미음만 먹어야 했다. 미음조차 제대로 삼키지 못했다. 몇 수저 뜨고 나면 속이 꽉 막혔다. 잠이 들면 어김없이 악몽이 찾아왔다. 꿈속에선 거대한 번개와 시뻘건 불꽃이 나를 덮치거나, 나를 괴롭혔던 얼굴들이 떼로 몰려들었다. 그럴 때마다 비명을 지르며 도망치지만, 발이 떨어지지 않아서 미칠 듯이 괴로웠다. 잠에서 깨면 식은땀에 젖어서 옷이 축축했다. 그런데도 나는 이를 악물고 버텼다.

그렇게 나흘이 지났다. 밤늦게까지 나를 돌보던 이모는 더는 안 되겠다며 내일 아침에는 반드시 병원에 데려가겠다고 했다. 나는 힘없이 고개를 저은 뒤 지쳐서 잠이 들었다. 악몽이 찾아올 줄 알았는데 그날 밤은 아니었다. 모처럼 평화로운 잠에 빠져들었다.

'은별아!'

내 이름을 부르는 소리에 깼다.

'은별아!'

창문 밖에서 들리는 소리였다. 블라인드를 올렸다. 앞산 위로 반쪽만 남은 달님이 얼굴을 내밀었다.

'은별아, 이리 와!'

맑고 청아한 목소리였다. 한밤중에 그 목소리가 다시 나를 찾아왔
다. 목소리에 이끌려 밖으로 나왔다. 어느새 삼식이도 내 뒤를 따라왔
다. 주변은 온통 어둠뿐인데 내가 걷는 길만은 달빛을 받아 은은하게
빛났다. 달빛이 밝혀준 길을 따라 걸었다. 물소리가 나고 은은한 솔향
을 머금은 바람이 볼을 쓰다듬었다. 오솔길을 따라 쭉 걷는데 흥얼흥
얼 노랫소리가 들렸다.

우우우~ 아득하게~ 그 옛날~ 손길이 닿으면~ ♪
우우우~ 그 아픔~ 이대로 빗물에 씻겨
그대로~ 저 멀리 사라지길~ 우우우~ ♬

황련이 전에 불러준 노래였다. 반가운 마음에 걸음을 빨리 옮기는
데 달빛이 사라지며 눈앞이 깜깜해졌다. 제자리에 우뚝 서서 깊이 숨
을 들이마셨다.

"야~옹."

삼식이가 내 다리에 몸을 비볐다. 나는 삼식이를 어루만지다가 안
아 들었다.

"괜찮아. 구름 때문이니 구름이 지나고 나면 달빛이 드러날 거야."

삼식이를 안고 가만히 기다리는데 달빛을 가린 구름이 떠날 줄을
몰랐다. 조금씩 불안해지는데, 흐릿한 불빛 한 점이 나풀거리며 나타
났다. 처음에는 반딧불이인 줄 알았는데 가만히 보니 꽃잎이었다. 반

짝이는 꽃잎이 하나둘씩 늘어나더니 무수히 많은 꽃잎이 내 앞을 날아다녔다. 꽃잎에서 나온 빛이 어둡던 길을 환하게 밝혔다. 꽃잎이 조금씩 앞으로 움직였고, 나는 꽃잎이 이끄는 대로 따라갔다.

오솔길을 비추며 날던 꽃잎은 어느 순간 회오리를 그리며 하늘 높이 솟아오르더니 사라졌다. 불빛이 사라지자 나는 짙은 어둠에 갇혀 꼼짝하지 못했다. 또다시 그 자리에 가만히 있었다. 길이 전혀 보이지 않아서 어떻게 해볼 도리가 없었다.

스으윽!

오른팔에 뭔지 모를 게 와 닿았다.

"앗!"

화들짝 놀라서 소리를 질렀다.

"쉿! 말하지 마."

"누, 누구?"

"나야."

달콤한 향기가 났다. 황련은 한 손으론 내 오른팔을 잡고, 다른 한 손은 내 등에 댔다. 팔과 등에서 따스한 기운이 스며들었다.

"내가 이끄는 대로 걸어."

"아무것도 안 보이는데……."

"걱정하지 마, 내가 잘 아는 길이니까."

나는 깜깜한 어둠 속을 오직 황련만 의지해 걸었다. 조금 걷다가 발걸음을 멈춘 황련은 왼손을 내 어깨에 얹더니 아래로 살짝 눌렀다. 몸을 낮추라는 신호였다. 나는 무릎을 꿇었다. 여전히 아무것도 보이지 않았다. 내 품에 안긴 삼식이가 얕은 숨을 내쉬며 갸르릉거렸다.

"삼식이 몸이 더 불었네. 너 그러다 큰일 난다."

황련이 말했다.

"니야옹."

삼식이가 새침하게 대꾸했다. 삼식이와 황련은 마치 잘 아는 사이 같았다.

조금 뒤, 작은 불빛이 까만 하늘 위에 나타났다. 이번에도 꽃잎인 줄 알았는데 아니었다. 소금보다 작은 알갱이들이 희미하게 빛나며 느릿하게 떨어졌다. 알갱이들은 바닥에 가까워지자 황금빛을 내뿜었고, 그렇게 떨어진 황금빛들이 주변을 환하게 밝혔다. 맑은 옹달샘과 그 둘레를 가득 채운 꽃들이 보였다. 첫 황금불빛이 떨어진 후 곧바로 또 다른 황금불빛이 나타났다. 희미하던 빛은 바닥에 가까워지자 환하게 빛났다. 처음엔 한두 개씩 떨어지던 황금불빛이 점점 많아지더니 바람을 머금고 떨어지는 벚꽃 잎처럼 하늘을 가득 채웠다.

황금불빛 사이로 이제까지 본 적 없는 빛이 나타났다. 아무것도 없는 빈 곳에서 빛이 뿜어져 나왔다. 하늘에서만 지내던 별빛들이 땅에 나들이라도 온 걸까? 별빛들이 눈송이처럼 떨어지는 사이로 새 한 마리가 나타났다. 날개도 길고, 깃털도 길고, 꼬리도 길고, 부리도 길고, 다리도 길고, 발가락도 길었다. 몸은 금빛으로 빛났고 몸에서는 끊임없이 별빛들이 떨어지는데, 떨어지는 별빛은 모두 옹달샘 안으로 스며들었다.

황금새는 옹달샘 옆에 내려서더니 고개를 숙여 옹달샘 물을 마셨
다. 황금새는 고개를 숙였다가 들기를 일곱 번이나 거듭했다. 일곱 번
째 물을 마신 뒤 황금새가 날개를 치켜들었다. 날개가 위에서 내려올
때보다 두 배는 더 길어졌다. 날개를 펼치자 둘레에 머물던 빛이 날개
아래로 모여들었고, 강렬하게 밝아졌다. 더는 바라볼 수 없을 만큼 빛
이 강렬해지더니 온통 황금빛만 보였다.

세상이 황금빛으로 물들자 이마가 찢어질 듯 아팠다. 몸에 있는 모
든 기운이 이마로 쏠렸다. 이마로 몰린 기운은 날카로운 칼이 되어 이
마를 찢고 튀어 나갈 기세였다. 칼로 내 팔을 그었을 때보다 아팠고,
큰 배신을 당했을 때보다 괴로웠다. 아픔과 괴로움이 극에 달하더니
차츰 모든 감각이 마비되어 갔다.

"이제 가자."

황련이 말했다.

삼식이가 품에서 빠져나갔다는 느낌이 들었다. 나도 따라 움직이
고 싶었지만 꼼짝할 수 없었다.

"이런, 또 왔구나!"

황련은 알 수 없는 소리를 중얼거리더니 이마를 살포시 어루만졌
다. 황련이 어루만지자 언제 그랬냐는 듯이 고통이 잦아들었다.

"실례할게."

황련이 나를 안아 들었다. 몸이 구름처럼 떠올랐다. 포근한 기운이

나를 감쌌다. 이렇게 따뜻한데 지난번에는 어떻게 그런 차가움을 뿜어냈을까? 믿기지 않았다. 조금 뒤 황련이 나를 내려놓았다. 몸이 축 늘어지며 바닥에 주저앉았다.

"이런, 생각보다 심각하네."

황련은 잠시 고민하더니 내 이마를 툭 건드렸다.

나는 남은 힘을 쥐어짜서 황련을 쳐다봤다. 깊고 짙은 눈동자 속에 지친 내가 보였다.

"나 믿지?"

무슨 영문인지도 모른 채 눈을 감았다 떴다. 믿는다는 신호였다. 고개를 끄덕일 힘이 없었다.

황련은 내 이마에 손가락을 대더니 천천히 나를 밀었다. 내 몸은 버티지 못하고 그대로 뒤로 넘어갔다. 버팀목 없는 기둥처럼 기울어진 몸이 옹달샘에 빠져버렸다. 차가운 기운이 한꺼번에 몸을 적셨다. 얼굴까지 물에 잠기니 숨이 막혔다. 헤엄치고 싶은데 팔다리가 움직여지지 않았다. 이대로 물에 빠져 죽는 걸까? 황련을 믿지 말아야 했을까?

황련도 샘물로 뛰어들었다. 황련은 샘물 바닥으로 떨어지는 나를 붙잡았다. 황련이 내 손을 잡자 더는 아래로 가라앉지 않았다. 무수한 황금빛 방울이 우리 둘을 휘감았다. 물속이 찬란한 빛으로 넘쳐났다. 그리고 그 어떤 방울보다 찬란하게 빛나는 얼굴이 내 앞에 있었다. 황금빛 때문인지 붉은 입술이 유난히 더 붉게 반짝였다. 심장이 쿵쾅거렸다. 나는 그 입술에 다가갔다. 황련은 나를 피하지 않았다. 눈동자와 눈동자가 만났다. 입술과 입술이 닿았다. 답답하던 숨이 뚫리며 가슴이 편안해졌다. 어떤 손길이 나를 어루만졌다. 부드러운 손길은 손목에서 팔로 점점 올라오며 내 상처를 어루만졌다. 황련은 아니었다. 황련은 여전히 내 손을 잡고 있었다. 한없이 온화하고 정성 어린 손길이었다. 아주 오랜 옛날 푸근한 무릎을 베고 잠들었을 때 느꼈던 편안함이었다. 내게도 그런 행복한 때가 있었나? 익숙하면서도 낯선 행복감에 그나마 남아 있던 힘이 쑥 빠져나갔다. 황금빛 방울은 점점 밝아졌고, 내 몸은 깊은 샘물 속으로 가라앉았다. 의식은 방울이 되어 흩어지고, 몸은 이제껏 단 한 번도 맛본 적 없는 안락함에 젖어 들었다.

아주 오래된 사람

05

눈을 뜨니 또다시 방이었다. 분명히 샘에 빠졌었는데 어떻게 다시 방인 걸까? 꿈이었을까? 감각이 생생한 걸 보면 꿈은 아니었다. 현실과 꿈을 구별하지 못할 정도로 내 정신이 망가지지는 않았다고 믿고 싶었다. 얼른 일어나 블라인드를 올렸다. 다정한 풍경이 나를 맞이했다. 맑은 공기를 찾아 정원으로 나갔다. 이모부는 여느 때처럼 텃밭과 정원을 가꾸는 중이었다. 나는 이모부에게 다가갔다.

"어! 은별이 나왔네. 오늘은 괜찮은 거니?"

나는 고개를 끄덕이며 해맑게 웃었다. 몸은 그 어느 때보다 가벼웠다.

"다행이네."

이모부는 밝은 웃음을 지어 보이고는 다시 정원을 돌봤다.

나는 정원 곳곳에 난 꽃들을 느긋하게 구경하며 예쁜 아침을 즐겼다. 그러다 내 코 바로 밑에서 간질이는 키 큰 꽃에 눈길이 갔다. 얇은 꽃잎이 층층이 겹쳐 풍성한 향기를 빚어냈다. 나는 왼손으로 꽃을 만지며 향기를 깊이 들이마셨다. 노란 향기에 미각마저 달콤하게 젖어들었다.

"이모부, 이 꽃 이름이 뭐예요?"

"그게 그러니까 아마…… 하늘바라기꽃이라고 했던가?"

이모부는 고개를 갸웃하며 내 쪽으로 왔다.

"가만! 은별이 네 팔이……."

이모부가 깜짝 놀라며 내 팔을 뚫어지게 봤다.

"제 팔이 어때서요?"

나도 무심결에 내 팔을 봤다.

붕대가 없었다. 그뿐만이 아니었다. 자해한 흔적도 깨끗이 사라지고 없었다. 어린아이처럼 투명하고 맑은 피부가 매끈하게 빛났다.

'이럴 수가! 그게 꿈이 아니라 현실이었어!'

나는 망상에 빠지지 않았다. 내가 겪고 본 모든 게 진짜였다.

출근하면서 이모가 물었다.

"그림 모임에 와도 괜찮겠니?"

"네, 아파서 한 주 쉬었더니 손이 근질근질해요."

나는 되도록 익살스럽게 보이도록 얼굴을 꾸몄다.

"안 그래도 그림 모임 회원들이 네가 아프다고 하니 많이 걱정했어."

"그러니 더더욱 제가 가서 다시 튼튼해진 모습을 보여드려야겠네요."

내가 웃으니 이모도 따라 웃었다.

점심을 먹고 이모부가 출근하면서 나를 작은도서관에 데려다주었다. 선생님과 회원들이 나를 반갑게 맞아주었다. 그리고 그날 아주 특별한 회원 한 분이 들어왔다. 아흔 살이 다 된 할머니였다. 깔끔하고 단정한 옷과 가만히 계셔도 하회탈처럼 웃음을 빚어내는 주름이 인상 깊었다.

"정미순이라고 해요. 그림을 그리고 싶어서 왔어요. 늙어서 주책이라고 비웃지 말고 잘 가르쳐주세요."

할머니가 수줍게 말씀하셨고, 우리는 열렬한 박수로 할머니를 맞이했다.

선생님은 할머니 옆에 딱 붙어서 이야기도 나누고, 그림 그리는 방법도 알려주셨다. 두 분은 별것 아닌 이야기를 나누면서도 끊임없이 웃었다. 할머니 덕분에 그림 모임에 웃음이 더 넘쳐났다.

나는 그때까지 붙잡던 그림을 마무리하지 않고 새로운 그림을 그리기로 했다. 이전까지는 사진을 보고 그렸다면 이제 내 마음을 그리고 싶었다. 세상을 잿빛으로 뒤덮은 불꽃, 나를 괴롭히던 얼굴들, 내 삶에 드리운 어둠을 표현하고 싶었다. 어떻게 그려야 할지 막막했지만, 가만히 그리고 싶은 장면을 떠올린 뒤에 손이 가는 대로 스케치했다. 어떤 그림은 1분만 그리다 치워버렸고, 어떤 그림은 10분쯤 그렸다. 어떤 그림이든 10분 이상은 붙잡지 않았다. 숨이 막힐 만큼 내 속에 꽉 들어찬 이미지들을 손끝을 통해 모조리 내보내고 싶었다. 수십 장을 휘갈기듯 그리고 나니 속이 조금 후련했다. 모임이 끝날 때면 서로 그린 그림을 보며 이야기를 나누는데, 나는 그날 그린 그림을 다른 사람들에게 보여주지 않았다. 제대로 그린 그림이 없기도 했지만, 내 상처를 굳이 다른 사람에게 드러내고 싶지 않았기 때문이다.

그림 모임을 끝내고 집에 오니 시원하면서도 허전했다. 비우기만 하고 채우지 않았을 때 드는 느낌이었다. 가만히 혼자 앉아 하얀 종이를 보며 어떤 그림을 그릴지 골똘히 생각했다. 모임에서 옛일은 충분히 그렸다. 꽃이나 풍경을 그리고 싶지도 않았다. 얼굴 하나가 떠올랐다. 맑고 하얀 얼굴이었다. 입술을 지그시 깨물면서 연필을 들었다.

한꺼번에 빠르게 그리기는 어려웠다. 얼굴 형태, 머리카락, 코, 볼, 입술, 귀, 눈 등을 하나씩 하나씩 느리게 그려나갔다. 그려놓고 마음에 들지 않으면 눈을 감았다. 눈을 감으면 아름다운 얼굴이 선명하게 떠올랐다. 서너 시간을 한쪽 눈썹만 그리기도 했다. 눈을 그리기가 가장 어려웠다. 눈 가장자리 모양은 그리 어렵지 않았는데 눈동자는 무척 어려웠다. 그렸다 지우기를 거듭했다. 아무리 그려도 마음에 들지 않앗다. 무엇보다 무척 헷갈렸다. 기억 사이로 떠오르는 눈은 어느 때는 맑고 밝은 빛이었지만, 또 어느 때는 아픔과 분노로 이글거렸다. 도저히 한 사람이 지닌 눈빛으로 보이지 않았다. 어떤 눈빛을 그림에 담아도 마음에 들지 않았다. 결국 눈동자는 마무리하지 못했다.

그림 모임에 가서도 눈동자를 그리려고 씨름했다. 선생님과 다른 분들은 내가 얼굴을 붙잡고 씨름하는 걸 지켜보기만 할 뿐 아무런 간섭도 하지 않았다. 누구냐고 묻지도 않았다. 그림 모임을 마무리하며 서로 그림을 평가하고 도움말을 해줄 때도 내 그림을 입에 올리는 사람은 없었다. 다들 나를 배려해 주었고, 그 덕분에 마음이 편했다.

그림 모임이 끝나고 다들 나가는데 할머니가 끝까지 작은도서관에 남아 있었다. 이런저런 책을 둘러보는 척하던 할머니는 다른 사람이 다 나가자 나를 손짓으로 불렀다.

"밖에 나가서 나랑 얘기할 시간 좀 내줄래요?"

나이 지긋한 할머니가 이야기를 나누자는데 거절할 수는 없었다. 영문도 모른 채 나는 할머니와 함께 작은도서관 밖에 있는 벤치로 갔다. 나무 그늘에 놓인 벤치는 선선한 바람을 품고서 우리를 맞이했다.

"그 그림……."

할머니는 내 손에 들린 스케치북을 가리켰다.

"그 그림, 어떻게 그리게 된 건지 말해줄 수 있어요?"

처음에는 할머니가 하는 말이 무슨 뜻인지 헤아리지 못했다.

"그림이라뇨?"

"은별이가 그리는 그림."

"아, 그 그림. 그러니까 그게……."

나는 어떻게 말해야 할지 애매해서 머뭇거렸다. 있는 그대로 말하자니 믿지 않을 듯하고, 상상 속 남자라고 하자니 거짓말 같았다. 그렇다고 내 마음을 훔친 남자라고 말하기엔 부끄러웠다. 내가 머뭇거리는 동안에 할머니는 뚫어져라 내 스케치북을 쳐다보았다. 할머니가 내 그림에 마음을 쏟는 까닭이 무척이나 궁금했다.

"제 그림, 보여드릴까요?"

할머니는 말없이 머리를 끄덕였다. 나는 스케치북을 펴서 할머니 무릎에 놓아드렸다. 할머니는 가만히 그림을 보더니 주름진 손으로 그림을 쓰다듬었다. 마치 사랑스러운 손자를, 아니 오래전에 헤어진 연인을 어루만지는 듯했다. 할머니 눈에는 그렁그렁 물기마저 맺혔다. 아흔이 다 되신 할머니에게서 그런 감정을 접하니 낯설고 당황스러웠다.

"그이가 아직 있구나."

목소리마저 촉촉했다.

나는 처음에는 할머니 말에 담긴 의미를 헤아리지 못해서 어떻게 반응해야 할지 갈피를 잡지 못했다. 그러다 깜짝 놀랐다. 할머니 말은 할머니도 옛날에 그 남자를 만났다는 뜻이었다. 말이 안 된다. 그 남자는 내 나이 또래다. 할머니가 옛날에 그와 똑같은 남자를 만날 수는 없다. 그렇다면 가능성은 하나다.

"닮은 사람을 옛날에 만나셨어요?"

시간이 흐르는데 나이 들지 않는 사람은 없다. 할머니가 옛날에 만난 사람은 그 사람을 닮은 사람이거나, 아니면 할아버지뻘쯤 되는 사람일 가능성이 컸다.

"아니에요, 그이가 맞아요."

혹시 할머니가 치매인가 싶은 의심이 들었다. 그게 아니면 옛날 기억을 엉뚱하게 떠올릴 수도 있다고 생각했다.

"설마요. 그럼 수십 년 동안 늙지 않았다는 말인데⋯⋯."

"맞아요. 이 사람은 늙지 않아요."

"네?"

나는 할머니를 봤다. 할머니도 나를 봤다. 거짓말이라는 걸 드러내는 빛깔들이 드러나길 기다렸지만 아무런 낌새도 보이지 않았다. 진심이었다. 티끌 하나 꾸미지 않은 진실이었다.

"은별이는 아직 그이가 누군지 모르나 보네요."

물론 나는 이름도 모른다.

"그럼 할머니는 누군지 아세요?"

"나도 이름은 몰라요. 그렇지만 다른 건 많이 알죠. 내 목숨을 살려준 은인인데 어찌 모르겠어요."

그러고서 할머니는 이마를 가린 머리카락을 손으로 쓸어 넘겼다. 놀랍게도 할머니 이마에는 나와 똑같은 상처가 있었다. 없애려고 갖은 수를 써도 사라지지 않는 그 상처가⋯⋯.

* * *

할머니가 어린 소녀였을 때 겪은 일이라고 한다. 소녀 곁에는 사랑하는 동네 오빠가 있었고, 둘은 결혼하기로 약속했다. 소녀와 오빠는 바로 이웃에 살았다. 소녀가 어렸을 때부터 오빠는 소녀를 지켜주는 듬직한 파수꾼이었다. 짓궂은 애들이 소녀를 놀리기라도 하면 친오빠처럼 그 애들을 혼내주었다. 친오빠가 없는 소녀에게는 친오빠나 다름없었다. 세상은 살기 힘들었지만 둘 사이에 흐르는 사랑은 막힘이 없었다. 둘이 사랑을 속삭일 때면 온갖 정령들이 와서 귀를 기울이고, 둘이 나누는 사랑을 축복해 주었다. 배고픈 시절이었지만 사랑이 배고픔마저 잊게 만드는 꽃다운 시절이기도 했다.

그러다 전쟁이 났다. 시골마을에 인민군이 들어오자 오빠는 깊은 산 속에 숨었다. 인민군에게 들키면 전쟁터에 끌려가기 때문이다. 오빠는 낮에는 산에 숨었다가 밤이 되면 집에 돌아와 음식을 챙겨서 다시 산으로 돌아갔다. 세상을 다 집어삼킬 듯하던 인민군이 국군과 유엔군에게 밀리며 도망칠 때였다. 소녀가 사는 동네는 인민군이 도망치는 길목이어서 하루에도 수십, 수백 명이 떼를 지어 지나갔다. 도망치는 인민군이 무서운 짓을 저지르는 경우가 많아서, 마을 사람들은 인민군 눈에 띄지 않으려고 꼭꼭 숨었다.

도망치는 인민군이 점점 줄어들던 어느 날 밤, 소녀 집에 한 소년 인민군이 찾아들었다. 며칠은 굶은 듯한 소년 인민군은 총을 겨누고 소녀에게 밥을 해달라고 했다. 소녀는 두려움에 떨며 밥을 했다. 아버지는 산에 숨은 채 며칠 동안 집으로 돌아오지 않았고, 엄마는 몸이 아파서 꼼짝도 못 했다. 어린 동생들은 두려움에 떨며 다락방으로 숨은 상태였다. 소녀가 밥을 해서 갖다주자 소년 인민군은 허겁지겁 밥을 먹었다. 두려움에 떨던 소녀는 밥 먹는 모습을 보고, 소년 인민군이 불쌍하다는 생각이 들기도 했다. 그렇지만 총은 여전히 무서웠다. 소년이 한참 밥을 먹고 있을 때였다.

사립문이 활짝 열리며 오빠가 들어섰다. 오빠는 산에서 내려오면 꼭 소녀를 찾아와서 잠깐이라도 얼굴을 보고 갔는데, 그날도 그랬다. 여느 때처럼 오빠는 소녀를 부르며 사립문에 들어섰다. 마루에 앉아 밥을 먹던 소년 인민군은 화들짝 놀라더니 옆에 놓여 있던 총을 들어 오빠를 쐈다. 소녀가 어떻게 해볼 새도 없이 오빠는 소년 인민군이 쏜 총에 맞아 그 자리에서 죽었다. 총을 쏜 소년 인민군은 갑작스러운 상황에 놀라서 허겁지겁 도망쳤다.

허망한 죽음이었다. 손쓸 새도 없이 일어난 비극이었다. 오빠가 흘린 붉은 피를 온몸에 뒤집어쓴 소녀는 절망에 빠졌다. 전쟁 통이라 변변한 장례식도 없이 사랑하는 오빠를 땅에 묻었다. 오빠가 땅에 묻힌 날 소녀는 오빠를 따라 죽으러 뒷산 바위에 올랐다. 더는 살고 싶지 않았다. 단 한 순간도 오빠 없는 세상을 상상한 적이 없었다. 오빠 없는 세상을 살아갈 힘 역시 한 방울도 남아 있지 않았다. 절벽 위에 서서 눈을 감았다. 이마가 이유도 없이 찢어지더니 피가 흘렀다. 아프지 않았다. 피를 닦지도 않았다. 그대로 몸을 던졌다.

바닥에 떨어져 몸이 산산이 부서지기만 기다렸다. 그런데 아무리 기다려도 떨어지기만 할 뿐 몸이 바닥에 닿지 않았다. 소녀는 눈을 떴다. 몸이 바닥 바로 위에 떠 있었다. 몸을 움직이려고 했지만 꼼짝도 할 수 없었다. 부드러운 감촉이 허리를 휘감았다. 달콤한 꽃향기가 피비린내를 지우며 스며들었다.

현실에서는 본 적 없는 아름다운 남자였다. 꽃향기처럼 아름다운 남자였다. 그러나 소녀는 그 아름다움이 눈에 들어오지 않았다. 소녀에게 그 남자는 오빠에게 가려는 길을 막은 방해꾼일 뿐이었다. 소녀는 바닥에 내려오자마자 다시 절벽을 바라봤다.

"방해하지 말아요. 나는 죽어야 해요."

소녀는 다시 절벽 위로 오르려 했다.

"죽지 마."

"오빠가 없는 삶을 살고 싶지 않아요."

"네가 한 사랑을 사라지게 하지 마."

심장이 아릿하게 떨리며, 다시 절벽에 오르려던 발을 붙잡았다.

"너와 오빠가 나눈 사랑은 곳곳에 꽃씨처럼 뿌려져 있어. 너마저 사라지면 오빠와 네가 나눈 사랑도 사라지고 말 거야. 오빠는 자기가 한 사랑을 네가 소중히 지켜주길 바랄 거야. 이제부터는 네가 오빠에게 받은 사랑을 간직하고 지켜주는 파수꾼이 되어야 하지 않겠니?"

그 말에 소녀는 죽을 수가 없었다. 자기가 죽으면 오빠가 한 사랑마

저 사라진다는 말에 차마 죽을 수가 없었다. 소녀는 살기로 마음먹었다. 그러나 제대로 살기는 어려웠다. 힘껏 살아가려 했지만, 발길 닿는 곳마다 떠오르는 추억이 소녀를 괴롭혔다. 그럴 때마다 그 사람이 나타났다. 나타날 때마다 그 사람은 소녀를 위로하고, 용기를 주고, 오빠를 잃어버린 슬픔을 달래주었다. 그 사람 덕분에 죽지 않고 살아가긴 했지만, 그 사람이 건네는 위로에 조금씩 힘을 냈지만 소녀는 점점 허약해졌다. 소녀가 당한 상실을 메울 수 있는 위로 따위는 없었다. 결국 소녀는 심하게 앓아누웠다.

가족들마저 소녀가 죽을지도 모른다고 각오할 때쯤 그 사람이 다시 나타났다. 한밤중에 소녀를 부르는 소리가 들렸고, 소녀는 잠결에 그 사람이 자기를 안고 움직이는 걸 느꼈다. 긴 오솔길을 따라 걷는 것 같았는데, 어느 순간 그 사람이 소녀를 깨웠다. 눈을 뜬 소녀가 처음 본 것은 별가루를 흩날리는 새가 날아다니는 모습이었다. 죽어서 저승에 온 줄 알았다. 그리운 오빠를 만날 수 있다는 희망에 부풀었다. 새가 날아가고 별가루가 반짝이는 옹달샘으로 소녀를 데려간 그 사람은 부드럽게 소녀를 우물에 밀어 넣었다. 소녀는 그곳이 저승이라 여기고 아무런 저항도 하지 않았다.

다음 날 아침, 집에서 눈을 뜬 소녀는 몸이 완전히 나았다는 사실을 깨달았다. 몸이 나았을 뿐만 아니라 그 전보다 훨씬 튼튼해져 있었다.

* * *

"나는 오빠와 그이 덕분에 이때까지 살아왔어요. 자식들과 손주들을 건강하게 잘 키운 힘도 오빠와 그이에게서 왔어요. 그러니 내가 어찌 그이를 잊겠어요."

믿기 어려운 이야기였지만 믿지 않을 수 없는 이야기였다. 별가루를 흩날리는 새와 옹달샘, 오솔길은 나도 겪은 일이었다. 샘에 빠지고 몸이 씻은 듯이 나은 경험도 똑같았다. 할머니에게서 거짓이 보이지도 않았다. 할머니가 전한 이야기는 모두 사실이었다. 그렇지만 어떻게 그게 사실일 수가 있단 말인가? 할머니가 내 또래일 때라면 오래된 옛날이다. 그 긴 시간이 지났는데도 겉모습이 그대로라면, 그건 사람이 아니다. 어쩌면 황련은 정말 사람이 아닌지도 모르겠다. 사람이 아니라면 도대체 정체가 뭘까?

"다 닮았는데 눈빛이 조금 낯설어요. 내가 만난 그이는 눈빛이 한없이 깊고 맑았는데, 이 눈빛은 맑은 듯하면서 탁해요."

할머니 눈은 정확했다. 그렇지만 나로서는 어쩔 수 없었다. 그 눈빛은 어떨 때는 더없이 깊고 맑은데, 어떨 때는 분노와 슬픔에 잠겨 있기 때문이다.

"은별이도 그 사람을 만났죠?"

할머니가 물었다.

어차피 할머니도 다 아는 사실이니 굳이 숨길 까닭이 없었다.

"네."

"오솔길을 걸어가 별가루가 빛나는 옹달샘도 보았지요?"

"네."

"그이를 참 보고 싶었는데……."

할머니 눈이 그리움으로 젖어 들었다.

"그이에게 나는 아무런 도움이 되지 못했어요. 그이를 돕고 싶었는데, 아무것도 기억하지 못하는 그이에게 도움이 되고 싶었는데 그러지 못했어요. 내 힘이 모자라서, 될 듯 될 듯하면서도 되지 않았어요. 꼭 힘을 주고 싶었는데……."

할머니는 몹시 안타까워했다.

"수십 년을 늙지도 변하지도 않는 존재를 어떻게 돕겠어요."

나는 할머니를 어설프게 위로하려 들었다. 이런 위로가 얼마나 허망한지 알면서도…….

"아뇨, 그렇지 않아요. 저한테는 신기한 능력이 있고, 그 능력으로 그 사람을 도울 기회가 있었어요."

능력이라는 말에 흠칫 놀랐다.

"그럴 리가……."

할머니가 내 이마를 향해 손을 뻗었다. 나는 피하지 않고 가만히 있었다. 할머니는 내 이마를 가린 머리카락을 치웠다. 그러고는 내 상처를 만졌다.

"이 상처가 난 뒤부터 이상한 능력이 생기지 않았나요?"

내 능력을 알아챈 사람은 처음이었다. 아무에게도 밝히지 않은 비밀인데, 황련에게조차 말하지 않은 비밀인데…….

"저는 다른 사람들이 영혼에 입은 상처가 보여요. 왜 그런지 모르겠지만 확실히 보여요. 물론 지금도……. 은별이는 그게 어떤 느낌인지 알죠?"

"제 아픔은 어떤 모습인가요?" 하고 물어보려다 그만두었다. 내 아픔을 다른 사람 입을 통해 굳이 확인하고 싶지 않았다.

"혹시라도 은별이가 도울 기회가 온다면, 온 힘을 다해 도와줘요. 그이는 도움이 필요하답니다. 그이에게도 깊은 상처가 있어요. 그게 깊어서, 깊어도 너무 깊어서……."

할머니는 더는 말을 잇지 않았다. '깊어서'란 말 뒤에 몹시 중요한 말이 생략된 듯했다.

"늙으니 예감만 좋아져요. 불길한 일이 일어날 듯한 예감이 들어요. 그때가 되면 은별이가 꼭 도와줘요."

할머니는 그림을 한 번 더 쓰다듬더니 스케치북을 살포시 덮었다.

"아픔은 지우려고 애쓴다고 지워지지 않아요. 아픔도 껴안아야 할 삶이에요."

뭐라 표현하기 힘든 복잡한 감정이 들끓었다. 할머니가 사라진 방향을 보며 멍하니 서 있는데 이모가 도서관에서 나왔다.

"도서관 소식지에 실을 인터뷰 때문에 잠깐 윗마을에 다녀올 건데, 부탁 좀 할게."

이미 여러 번이나 이모 대신 도서관을 지켰기 때문에 나는 가볍게 승낙했다.

이모가 나가고 혼자 남은 나는 서고를 부지런히 정리했다. 끓어오르는 감정에 휩쓸리지 않으려고 일부러 바쁘게 움직였다. 일부러 노래도 크게 불렀다.

우-우-우~ 아득하게~ 그 옛날~ 손길이 닿으면~ ♪
우-우-우~ 그 아픔~ 이대로 빗물에 씻겨
그대로~ 저 멀리 사라지길~ 우-우-우~ ♬

갑자기 도서관 문이 벌컥 열렸다.
나는 얼른 노래를 멈췄다.
"어서 오……."
문을 열고 들어선 사람을 보고 입이 굳어버렸다. 그 여자였다. 처음 보았을 때와 마찬가지로 보랏빛 기운이 진하게 보였다. 괜한 두려움이 일었다. 나는 그 여자가 알아차리지 못하게 천천히 심호흡하며 컴퓨터 앞으로 가서 앉았다. 여자는 도서관을 쭉 둘러보더니 코를 벌름대며 냄새를 맡았다. 어떤 냄새를 찾아냈는지 곧바로 낡은 책들이 꽂힌 서고로 갔다. 거기서도 한 번 더 코를 벌름대더니 책 한 권을 꺼냈다.
"이 냄새야. 이 냄새……."
그 여자가 중얼거리며 책을 들고 내게로 왔다. 여자는 '김효민'이라는 이름이 적힌 도서대출증을 내밀었다. 도서대출증을 바코드로 찍은 뒤 그 여자가 건네는 책을 받아들고는 흠칫 놀랐다. 황련이 내게서 빌려 갔던 바로 그 책이었기 때문이다. 뭔지 모르게 불길했다. 까닭 모를 불안감이었다. 빌려주면 안 좋은 일이 생길 듯했다.

"죄송한데……."

책을 스캐너로 찍은 뒤 일부러 고개를 삐딱하게 기울였다.

"대출 예약이 된 책이네요."

거짓말이 내 귀에도 어색하게 들렸다. '이럴 때 거짓말을 능숙하게 할 수 있으면 좋겠는데…….' 내가 이런 생각을 하다니 입맛이 썼다.

"예약?"

여자가 내 눈을 매섭게 노려봤다. 들킬까 봐 컴퓨터 모니터로 얼른 눈을 돌렸다.

"예약자 이름이 뭐지?"

여자는 화면을 들여다보려는 듯 바짝 다가왔다.

"개인 정보라 알려드릴 수 없어요."

나는 흔들리는 속내를 감추려고 모니터에서 눈을 떼지 않았다.

"개인 정보는 됐고, 예약됐다는 증거를 보여줘."

이대로 가다가는 들킬 듯했다. 이를 악물었다.

"예약이 돼 있다니까요."

"거짓말!"

거짓말이라는 말, 내 삶을 망가뜨린 가시가 심장을 찔러댔다.

"거짓말로 대출을 거절하면 안 되는 거 아냐?"

더는 버티기 힘들었다. 빌려주는 수밖에 없었다. 그때, 콧수염을 진하게 기른 남자가 불쑥 나타났다.

"그 책, 제가 예약했는데요."

말 사이로 콧수염이 일그러지며 하얀 연기가 어른거렸다.

"아, 오셨네요."

나는 그 남자가 왜 그러는지 따질 겨를도 없이 맞장구쳤다.

"제가 좀 늦었죠?"

"아, 아뇨. 제때 오셨어요."

나는 시치미를 뚝 떼고 대출 절차를 진행했다.

"성함이 김경수 님 맞으시죠?"

"네, 맞아요."

그 남자와 나는 죽이 척척 맞았다.

그 남자는 책을 받아들더니 고맙다고 하고는 도서관을 빠져나갔다. 여자는 심하게 얼굴을 일그러뜨리더니 나를 한 번 째려보고는 그 남자를 뒤쫓듯이 밖으로 나갔다. 불안한 마음에 나도 재빨리 따라나섰다. 곧장 나왔는데도 길 위에는 아무도 보이지 않았다. 한참 서성이다가 도서관으로 돌아왔다. 뭔지 모를 걱정과 불안에 자리에 앉지도 못하고 계속 서성거렸다. 30분쯤 지난 뒤 그 남자가 책을 들고 다시 나타났다.

"감사해요, 도와주셔서."

그 남자는 내게 책을 돌려주었다.

"서로 고마워해야지."

서로 고마워해야 한다니, 미묘한 표현이었다.

"책을 잘 보관해, 위험하니까."

위험이라니 까닭 모르게 일었던 불안이 다시 떠올랐다.

"위험……이라뇨?"

"그 여자는 사냥꾼이거든."

전혀 예상치 못한 답변이었다.

"사냥꾼이라고요?"

그 남자는 내 질문에는 대답하지 않고 나를 불안하게 하는 말을 덧붙였다.

"사냥꾼들이 네가 만난 그 존재를 노리고 있어. 그 존재가 사냥꾼 손에 들어가면 세상이 파멸을 맞을 거야."

이 사람은 황련을 잇달아 '그 존재'라고 불렀다.

"파멸이라뇨? 도대체 무슨 말씀이신지 모르겠어요."

"너에게 많은 얘기를 해줄 수는 없어. 알면 알수록 위험해지니까. 혹시라도 다시 그 존재를 만나게 되면 내가 만나길 바란다고 꼭 전해 줘."

나는 그 남자를 똑바로 봤다. 거짓은 보이지 않았다. 나는 가만히 고개를 끄덕였다.

"기묘하군. 내 말을 전혀 의심하지 않는다니……."

나는 그 말에 대꾸하지 않았다.

"연락은 어떻게 하죠?"

"내 이름은 김현, 그 존재에 얽힌 비밀을 아는 사람이야. 그렇게만 말하면 그 존재가 알아서 나를 찾아올 거야."

"그 비밀이 뭐죠?"

질문이 나도 모르게 크게 나왔다.

"알면 위험해진다고 했잖아. 너는 그냥 모르는 게 좋아. 너는 그 존재에게 내 말을 전해주기만 하면 돼. 왜 그 존재가 너에게 나타났는지는 모르겠지만, 아마도 그건 너에게 어떤 역할이 있어서일 거야."

그건 나도 궁금한 점이었다.

"나에게는 중차대한 사명이 있어. 그 사명을 이루도록 네가 도와줘야 해."

그 비밀이 뭔지 알고 싶었지만 물어도 어차피 대답해 줄 사람이 아니었다. 나는 그러겠다고 답했고, 그 남자는 내 답을 확인하고 사라졌다.

사냥꾼들

06

이모가 작은도서관으로 돌아오자 나는 곧바로 나왔다. 정류장에 앉아 버스를 기다리는데 햇볕이 뜨거웠다. 참기 힘들어서 나무 그늘로 가려고 몸을 일으키는데 누가 내 왼 손목을 잡았다. 익숙한 손이었다. 하얗게 광채가 나는 바로 그 손이었다. 따가운 햇볕도 잊은 채 느릿하게 시선을 돌렸다. 잘생긴 얼굴이 미묘한 표정을 지으며 나를 보고 있었다. 나는 부드럽게 웃어주었다. 황련은 고개를 갸웃하더니 나를 빤히 바라보았다. 나는 그 눈빛을 피하지 않았다. 그 어느 때보다 눈동자를 뚫어지게 바라봤다. 그림에 넣을 눈동자를 기억하기 위해서였다. 그렇지만 보면 볼수록 내가 예상하는 눈동자와 자꾸 엇나가는 어둠이 보여서 기억이 더 꼬여버렸다. 머리가 혼란스럽고 복잡했다.

"잔뜩 궁금한 표정이네."

"그게……."

눈동자 얘기는 할 수 없었다. 나는 얼른 말을 돌렸다.

"누가 널 만나고 싶대."

"그래?"

얼굴에 흥미로운 기색이 역력했다.

"오늘 도서관에 김현이라는 사람이 찾아왔어. 그 사람이 하는 말이 사냥꾼들이 너를 잡으려고 한대. 그 사냥꾼들에게 네가 잡히면 세상이 파멸을 맞을 거라고 했어."

"사냥꾼이라…….

황련은 내 손목을 잡은 손을 놓더니 깍지를 꼈다.

"나도 사냥꾼이 어떤 이들인지 물어보려고 했는데 대답해 주지 않았어. 오늘 혼자 도서관에 있는데 이상한 여자가 찾아왔거든. 김현이라는 사람 말로는 그 여자가 사냥꾼이래. 그 여자는 코를 벌름대며 냄새를 맡더니 네가 전에 빌려 갔던 책을 빌리려고 했어. 아마 그 책에 남은 냄새로 너를 추적하려고 했나 봐. 김현이라는 사람이 도와줘서 빌려 가지 못하게 막긴 했는데, 꽤 무서웠어."

내 말을 듣고 황련이 무슨 말이라도 하기를 기다렸지만, 황련은 깍지를 낀 채 양손 검지를 톡톡 두드리기만 할 뿐 아무런 대꾸도 하지 않았다.

"너한테 이렇게만 얘기하면 네가 알아서 찾아올 거라고도 했어."

황련은 고개를 끄덕였다.

"참, 그리고……."

그때 버스가 왔다. 버스가 내 앞에 멈추고 문이 열리는 소리가 들렸다. 오늘 만난 할머니 이야기를 전하고 싶었다. 나는 버스가 떠나면 이야기를 마저 하려고 기다렸다.

"안 탈 거니?"

버스기사가 거칠게 말했다.

목소리에 짜증이 가득했다. 타지 않겠다고 말하려는데 몸이 휘청거릴 만큼 거센 바람이 일었다. 몸을 돌려 손으로 얼굴을 가리려는데 옆에 황련이 없었다. 주변을 빠르게 살폈지만 아무도 보이지 않았다. 아쉬움을 안고 하는 수 없이 버스에 탔다.

"바쁜데 빨리빨리 좀 타지!"

버스기사가 불쾌함이 잔뜩 묻어난 말투로 쏘아붙여서 기분이 썩좋지 않았다. 좀 머뭇거리기는 했지만 오래 지체한 것은 아니었다. 어려 보인다고 명령조로 말하다니 됨됨이가 어떤지 알 만했다. 버스기사는 운전도 거칠었다. 불안해서 손잡이를 꽉 잡았다. 버스에서 내릴 때쯤에는 손과 팔이 저릴 지경이었다. 멀어지는 버스 뒤통수에 대고 욕이라도 해주고 싶었다. 투덜거리면서 집으로 올라가는데 반가운 향기가 났다.

"화가 많이 났나 보네."

환한 웃음에 다시 기분이 밝아졌다. 얼른 눈을 봤다. 맑고 깊은 눈빛, 내가 기억하고 싶은 바로 그 눈빛이었다.

"그냥 버스기사가 좀 거칠게 운전해서……."

버스기사를 향한 짜증은 사라지고 없었다. 나는 얼른 화제를 돌렸다.

"참, 미처 말하지 못했는데……."

"미처?"

황련이 장난꾸러기처럼 눈을 치켜떴다.

"응, 오늘 그 일 말고 또 다른 일도 있었어."

"그 일 말고?"

"그게, 어떤 할머니를 만났어. 아흔 살이 다 되신 할머니였는데, 믿기지 않지만 6.25 전쟁 때 너를 만났다고 이야기하셨어."

"전쟁? 6.25 전쟁이라고?"

"기억이 안 나?"

황련은 멀뚱멀뚱 나를 보기만 했다. 정말 모르는 모양이었다.

"사랑하는 사람을 빼앗기고 벼랑에서 뛰어내린 소녀를 네가 구해주지 않았어?"

"구해? 내가?"

"목숨을 구해준 뒤에는 나를 데려간 그 샘에도 데려갔었대. 네 얼굴도 또렷이 기억하셨어."

"나는 그런 기억이 없어. 너 외에는 샘에 데려간 적이 없는데……."

거짓말이 아니었다.

"넌 도대체…… 뭐야?"

나도 모르게 목소리가 떨려 나왔다.

"글쎄, 나도 몰라. 내가 누군지."

"이름도 없어?"

나는 오래도록 궁금했던 질문을 했다.

"나도 내 이름이 궁금해."

"기억상실증에라도 걸린 거야?"

"글쎄, 그건 나도 몰라. 나는 그냥 그 샘을 지켜야 하고, 이 지역을 벗어나지 못해. 기다리고는 있는데 무엇을 기다리는지는 모르겠어."

"그럼 도대체 나는 어떻게 안 거야? 내가 이곳에 올 때부터 나를 불렀잖아?"

"그때가 아니야. 네 이마에 상처가 났을 때, 바로 그때부터 너를 알았어. 그 사건이 내 첫 기억이기도 하고."

나도 모르게 내 이마에 난 상처로 손이 갔다. 아무리 없애려고 해도 없애지 못한 상처였다. 이곳에 와서 툭하면 기이한 기운이 도는 부위였다. 할머니도 나와 같은 상처가 있었다. 그렇다면 할머니도 그 상처가 생겨서 인연이 이어진 걸까? 도대체 이 상처가 뭐기에 이런 일이 벌어지는 걸까?

"그때부터 네가 이곳으로 오기만 기다렸어. 왜 기다려야 하는지는 모르지만, 네가 나에게 무척 중요한 사람이라는 건 알아."

"할머니 말씀으로는 내가 너를 도와야 한대. 할머니도 너를 도우려고 했는데 실패했다고 했어. 내가 뭘 도와주면 돼?"

"나도 그걸 알면 좋겠어."

궁금한 것은 넘치는데, 분명한 것은 아무것도 없었다.

집에 도착하니 삼식이가 밖에 나와 있었다.

"어, 삼식아! 너 어떻게 밖으로 나온 거야?"

삼식이는 내 다리에 몸을 비벼대며 애교를 부렸다. 나는 삼식이를 가볍게 쓰다듬었다. 갸르릉거리며 좋아하던 삼식이는 황련에게도 다가가서 살갑게 굴었다. 황련이 삼식이를 껴안자 삼식이가 꼬리를 살랑살랑 흔들었다. 삼식이와 황련 사이에도 과거에 어떤 인연이 있는 게 확실했다.

"이야아옹."

"그래그래! 알았어. 알았어."

황련은 삼식이를 번쩍 들더니 나에게 넘겨주었다. 내가 삼식이를 받아 안았는데 상당히 무거웠다. 이제 건강해져서 삼식이를 너끈히 들 힘이 있는데, 이상하게도 편하게 안을 수 없을 만큼 무거웠다. 낑낑거리며 겨우 버티다 하는 수 없이 바닥에 내려놓았다. 삼식이는 몸을 쭉 뻗으며 고양이 체조를 하더니 느릿하게 집으로 향했다. 그 모습이 귀여워 흐뭇하게 쳐다보다가 황련을 향해 고개를 돌렸더니 어느새 황련은 사라지고 없었다.

그날 저녁 거실에서 삼식이와 노닥거리는데 손님이 찾아왔다. 이모를 찾아온 손님은 건넛마을 사람들이었다. 늘 보면서도 낮에는 한 번도 간 적 없는 마을, 밤에 오솔길을 따라 걸을 때만 가본 바로 그 마을이었다. 나는 인사만 드리고 내 방으로 들어왔다. 삼식이와 노는 시간을 빼앗긴 게 아쉬웠지만 어쩔 수 없었다. 삼식이는 거실 구석에 누워 느긋하게 눈을 감았다.

마을 사람들과 이모가 나누는 이야기가 방에서도 들렸지만 나는 관심을 기울이지 않았다. 안락의자에 편하게 앉아 도서관에서 빌려온 책을 읽었다. 사냥꾼이라는 그 여자가 빌려 가려고 했던 책, 황련이 빌려 갔던 바로 그 책이었다. 이미 여러 번 봤지만 황련이 남긴 향기를 느끼려고 일부러 읽고 또 읽었다. 한참 재미나게 책을 읽는데 초인종 소리가 울렸다. 나는 이모부가 오신 줄 알고 얼른 밖으로 나왔다. 그러나 현관에 나타난 사람은 낯선 얼굴이었다.

그 사람이 들어오자 대화 분위기가 바뀌었다. 험악한 말이 오가고, 서로 핏대를 세우며 다투었다. 칼날을 품은 말들을 듣기가 싫었다. 또다시 거짓말이 보였다. 오랫동안 보이지 않던 거짓말이었다. 오랜만에 만난 거짓말이 다시 옛 아픔을 떠올리게 했다. 다행히도 그 전처럼 아프지는 않았다. 팔목에 난 상처가 다 사라져서일까? 아니면 이곳에서 지내면서 아픔을 치유했기 때문일까? 그도 아니면 나와 아무런 관련이 없는 사람들이 나누는 대화이기 때문일까? 이유는 모르지만 아프지 않으니 대화 내용에 귀를 기울일 힘이 생겼다.

사람들이 다투는 이유는 땅이었다. 늦게 온 사람이 마을 뒷산을 소유한 주인인데, 누가 그 땅을 사려고 하는 모양이었다. 거짓말을 늘어놓는 당사자는 바로 그 사람이었다. 처음에는 이런저런 핑계를 대더니 마을 사람들이 계속 다그치자 그 땅을 절대 안 팔겠다고, 아무리 큰돈을 제시해도 팔지 않겠다고 선언했다. 씁쓸하게도 땅 주인이 한 말은 모조리 다 거짓이었다. 어쩜 저렇게 뻔뻔하게 거짓말을 하는지 모르겠다. 도대체 왜 그러는 걸까? 나를 아프게 한 수많은 거짓말쟁이를 이해하려고 애써봤지만, 나는 아직도 그들을 이해하지 못한다. 단순히 곤란한 상황을 모면하거나, 상황에 따라 어쩔 수 없이 늘어놓는 거짓말까지 이해하지 못할 바는 아니다. 나도 그런 거짓말은 가끔 한다. 그렇지만 다른 사람을 속이려고, 자기를 그럴듯하게 꾸미려고, 내 잘못을 다른 사람에게 뒤집어씌우려고 하는 악의에 찬 거짓말을 접할 때마다 나는 사람이라는 존재에 절망했다.

그런데 이야기를 들을수록 까닭 모를 불길함에 사로잡혔다. 마을 사람들이 거론하는 땅이 어디인지 알아차렸기 때문이다. 그 땅은 내가 밤에 들렀던 바로 그곳이었다. 마을 복판을 지나 좁은 골목과 오솔길을 걸으면 나타나는 그곳, 시냇물이 맑은 목소리로 노래 부르며 흐르는 그곳, 맑은 빛을 품은 샘이 있는 바로 그곳이었다. 나는 잔뜩 긴장한 채 대화에 귀를 기울였다. 그 땅을 사려는 사람들이 누군지 알고 싶었다. 안타깝게도 구매하려는 자가 누군지 짐작할 만한 대화는 없었다.

거친 대화는 땅 주인에게서 억지 약속을 받아낸 뒤에야 끝났다. 물론 그 약속은 거짓이었다. 나는 마을 사람들이 나가는 때에 맞춰 방문을 열었다. 그 사람 머리 위로는 아직도 진한 거짓이 꿈틀거렸다. 사람들을 배웅하고 돌아오는 이모에게 말했다.

"그 사람은 거짓말쟁이예요."

내가 다짜고짜 세게 말해서 이모는 살짝 당황한 듯했다.

"지나 보면 알겠지."

"아뇨, 거짓말이에요."

"마을 사람들 앞에서 거듭 약속했는데, 그래도 당분간은 약속을 지키려고 할 거야."

"그렇지 않아요. 그 사람은 조금도 지킬 마음이 없어요."

나는 확신에 차서 말했고, 이모는 그런 나를 이상하게 바라봤다.

이모 얼굴에 엄마가 늘 짓던 표정이 떠올랐다. 엄마는 평소에 가깝게 지내던 친구에게 큰돈을 빌려준 적이 있었다. 그 사람과 엄마가 나누는 대화를 우연히 듣게 된 나는 그 사람이 거짓말한다는 걸 바로 알아봤다. 그 거짓말은 진하고 더럽고 징그러웠다. 나는 엄마에게 그 사람을 믿지 말라고, 그 사람이 자랑하며 하는 말은 모두 거짓이라고 몇 번이나 강조했다. 하지만 엄마는 내 말을 믿지 않을뿐더러 나를 이상한 애로 취급했다. 그때 엄마가 짓던 표정을 잊을 수가 없다. 나중에 그 사람이 엄마 돈을 떼먹고 도망치는 바람에 내 말이 사실로 드러났지만, 엄마는 나에게 사과하지 않았다. 나는 그 뒤로 거짓말을 알아봐도, 거짓말로 나와 가까운 이가 손해 볼 게 뻔한 상황이라도 진실을 알려주지 않았다. 어차피 말해줘 봤자 아무도 믿어주지 않기 때문이다.

이모도 어쩔 수 없는 걸까? 아니면 엄마와 닮은 외모 때문에 내가 착각한 것일까? 나도 모르게 꿈틀대는 불신을 접하고 깜짝 놀랐다. 나에게 그렇게 잘해주고 진실하게 대해 준 이모조차 의심하다니, 역시 내 능력은 저주였다. 아무도 믿지 못하게 만드는 저주, 나를 한없는 구렁텅이로 빠뜨리는 저주였다.

"은별이 네가 무슨 직감이 드는 모양인데, 일단 지켜보는 수밖에 없어. 주인이 팔겠다고 작정하면 딱히 막을 방법도 없으니."

다행히 이모는 엄마와 달랐다. 근거를 대지도 못하는 내 말을 무조건 밀어내지 않았다. 나를 이상한 애로 취급하지도 않았다. 이모가 우리 엄마였다면 얼마나 좋을까? 엄마와 이모는 같은 배에서 나와, 같은 부모 밑에서 자랐으면서 어쩜 이렇게 다를까?

"그나저나 접근하기도 어렵고 경사도 심한 땅을 왜 그렇게 비싸게 사려는지 모르겠네. 마을 사람들이 의심하듯이 나중에 대규모 개발이라도 하려는 건지……."

나는 더 이상 이모와 말을 나누지 않고 내 방으로 들어왔다. 혼자 방에 앉아 어떻게 해야 할지 깊이 고민했다. 이모 말대로 딱히 방법이 없었다. 그러나 그냥 지켜볼 수만은 없어서, 내일 마을에 가보기로 마음먹었다.

그날 밤, 혹시 황련이 찾아오면 말하려고 했지만 황련은 찾아오지 않았다.

다음 날, 이모와 이모부가 모두 출근할 때까지 기다렸다가 밖으로 나왔다. 낮에는 건너본 적 없는 다리를 건넜다. 집에서 늘 보던 길을 따라 마을 안쪽으로 들어갔다. 큰길을 지나 골목으로 들어섰다. 시냇물이 흐르는 소리가 약하게 들릴 때쯤 골목 안쪽에서 인기척이 느껴졌다. 마을 사람을 낮에 마주치기는 싫었지만 피해서 숨는 꼴도 이상해서 그냥 가려고 했다.

"성공했겠지?"

목소리가 귀에 익었다. 도서관에서 '김효민'이라는 신분증을 내밀며 책을 빌려달라던, 바로 그 여자였다. 나는 얼른 몸을 숨겼다.

"네, 붙잡았습니다."

역시 보랏빛 기운이 도는 남자가 대답했다. 김현이 말하던 사냥꾼들은 모두 보랏빛이 도는 모양이었다.

"그 집에 있나?"

"네."

"10년이나 숨바꼭질을 했는데, 드디어 잡았군."

"10년이나 됐습니까?"

"그 예언서를 찾으러 세계 곳곳을 뒤지다 마침내 찾을 뻔했는데 저 자가 방해해서 실패했지. 그 뒤로도 계속 우리 일을 방해해서 늘 골칫거리였어. 내가 그동안 당한 걸 생각하면 이가 갈려."

도대체 누가 붙잡힌 걸까? 설마 황련이?

나는 위험한 기운을 내뿜는 두 사람을 조심스럽게 뒤따랐다. 두 사람은 오솔길을 걷다가 산 바로 아래에 있는 집으로 들어갔다. 마당에 모여 있던 사람들이 두 사람을 향해 고개를 숙였다. 나는 얼른 숲으로 들어갔다. 길에서는 몰래 집 안을 엿보기도 어렵고, 들킬 가능성도 컸기 때문이다. 그 집이 잘 보이는 큰 바위 뒤로 몸을 숨겼다. 바위 틈새로 집을 살폈다. 생각보다 많은 사람이 있었다. 그들 모두에게서 보랏빛 기운이 강렬하게 풍겼다. 그들은 움직임도 독특했다. 때로는 솜털처럼 가볍고, 때로는 육중한 바위처럼 묵직했다.

그때 거실 유리창 문이 열리며 아니기를 바라던 광경이 나타났다. 황련이 사냥꾼들에게 둘러싸여 있었다.

'설마 붙잡힌 거야?'

도움이 필요할 때 꼭 도와주라던 할머니 말씀이 떠올랐다.

'할머니, 제가 이럴 때 뭘 어떻게 도울 수 있을까요? 저는 능력이 없어요.'

경찰에 신고하려면 황련이 어떤 사람이며, 황련과 내가 어떤 관계인지를 설명해야 하는데 그럴 자신이 없었다. 있는 그대로 말했다가는 미친 사람으로 취급당할 게 뻔했다. 어찌할 바를 모른 채 발만 동동 구르는데 이어지는 장면이 몹시 이상했다.

붙잡혔다고 하기에는 황련이 지나치게 자유로웠다. 심지어 중간중간 도망치려고 작정하면 얼마든지 도망칠 수 있는 상황이 만들어졌는데도, 황련은 그대로 있었다. 집으로 들어갔던 김효민이 마당으로 나왔다. 마당에 나온 김효민은 주변에 있던 사냥꾼들에게 지시를 내렸다. 사냥꾼들이 갑자기 분주하게 움직였다. 김효민은 황련에게 다가오더니 둘이서만 이야기를 나누며 숲 쪽으로 다가왔다. 숲과 가까워질수록 둘이 나누는 대화가 꽤 또렷하게 들렸다.

"그토록 잡으려던 김현이 자기 발로 찾아오다니 장담했던 그대로군."

김효민이 말했다.

"이제 나를 믿겠지?"

"믿고말고."

"계약은 정확히 지켜!"

"염려하지 마. 이 땅은 이미 우리 소유야. 땅 주인은 어제 소유권을 넘겼고, 다른 데로 떠났어."

역시 그 땅 주인은 거짓말쟁이였다. 모든 말에서 거짓말이 보여서 의심스럽긴 했지만, 이미 집과 산을 다 팔아버렸을 거라고는 상상도 못 했다. 도대체 얼마나 많은 돈을 받았길래 동네 사람들을 다 배신하고 가족 전체가 도망쳤을까?

"우리는 그 녀석만 잡으면 돼. 네가 그 샘을 차지하든 말든 우리가 알 바 아니야."

"그 녀석이 지키는 샘까지 가는 게 쉽지는 않을 거야."

"방어벽이 엄청나다는 건 잘 알아. 그래서 김현을 붙잡았지. 김현은 방어벽을 뚫는 주문을 알거든."

"주문을 쉽게 말할까?"

"안 되면 마지막 방법이 있어. 이미 준비해 두었으니 걱정하지 마."

"크크크! 무슨 준비일지 궁금하군."

황련이 사악하게 웃었다. 그 웃음은 내가 알던 황련이 아니었다. 게다가 샘을 자신에게 넘기라니? 그렇다면 저자는 황련이 아니다. 저자가 말한 '그 녀석'이 바로 황련일 것이다. 그럼 가짜라는 말인데, 내가 왜 그걸 몰라봤을까? 설마 내 능력이 퇴화한 걸까? 그럴 리가 없다. 어젯밤에도 땅 주인이 하는 거짓말이 모조리 보였다. 설마 저자에게는 내 능력이 통하지 않는단 말인가?

"김현을 무너뜨릴 강력한 무기지."

"누굴 납치라도 한 거야?"

"억측은 하지 마."

김효민에게서 악취를 풍기는 빛깔이 일렁였다. 거짓말이라는 징표였고, 내 능력이 사냥꾼들에게도 통한다는 증거였다.

"특별한 무기라도 준비한 거야?"

가짜 황련에게서 뒤틀린 빛깔이 보였다. 저것도 거짓말이라는 징표, 저자는 알면서도 일부러 모르는 척하는 게 분명했다. 가짜인 저놈에게도 내 능력이 통한다는 증거이기도 했다. 그렇다면 그동안은 어찌 된 걸까? 내가 저 가짜가 늘어놓는 거짓말과 속임수를 왜 못 알아봤을까? 황련과 닮아서 애써 안 보려고 했던 걸까? 그럴 리가 없다. 안 보려고 한다고 보이지 않는 능력이 아니다. 그렇다면 내가 그 능력을 저주라고 부르지도 않을 것이다.

"아마 내 도움도 필요할 거야."

"그 녀석을 지나치게 과대평가하는군. 방어벽만 없다면 김현 따위도 필요 없어. 우리는 오랜 세월을 기다리며 힘을 길렀어."

"크크크, 그래? 부딪쳐 보면 알겠지."

그때 갑자기 김효민이 코를 벌름댔다.

"이 냄새는?"

갑자기 김효민이 내 쪽으로 시선을 확 돌렸다. 나는 바위 뒤로 몸을 더 바짝 숨겼다.

"나는 이미 알고 있었어. 내가 처리할 테니 내버려 둬."

들킨 게 확실했다.

"그 녀석이 왜 저 여자애를 찾아가는지 모르겠지만, 깔끔하게 처리해."

'깔끔하게'라는 말이 사악하게 들렸다.

"걱정 마. 내가 알아서 할 테니."

그대로 있다가는 잡힐 게 뻔했다. 나는 호흡을 깊이 들이마신 뒤에 마을을 향해 뛰었다. 몸 안에 쌓인 모든 힘을 쥐어짜서 달렸다. 다리까지 있는 힘껏 뛰었다. 그자는 뒤따라오지 않았다. 오르막길에서는 숨이 차서 뛰지 못했다. 빠르게 집을 향해 걸었다. 집에 거의 다다랐는데, 그자가 내 앞을 가로막으며 나타났다.

"왜 도망쳐?"

나는 뒷걸음질을 쳤다.

"너는 그 녀석이 진짜라고 생각해?"

어차피 도망칠 곳은 없었다. 나는 이를 악물고 그자를 노려봤다.

"그 녀석은 가짜야. 너를 속이는 거라고. 그 녀석은 네 아픔 따위에는 관심도 없어. 네 안에 쌓인 분노는 쳐다보지도 않아. 언제까지 그 어둠을 모른 척할 거야? 언제까지 숨기고 살 거야? 나는 너를 제대로 도울 수 있어. 네 안에 쌓인 모든 노여움을 터트릴 수 있도록 도와줄게. 터트려! 너에게 잔인한 짓을 벌인 자들에게 복수해. 설마 복수하지 않을 거야? 그냥 용서하고 넘어갈 거야? 그렇게 네 마음이 넓어? 너를 속이지 마. 그 끔찍한 기억을 그냥 묻어두고 살 수 있겠어?"

내 삶에 쌓인 끈적끈적한 흔적들이 마그마처럼 끓어올랐다. 살짝만 건드리면 터질 듯했다. 이마가 불에 덴 듯 화끈거렸다. 뜨거웠다. 그대로 찢어지며 터져버릴 것 같았다. 시원하게 터트리고 싶었다. 분출하는 피로 세상을 휩쓸어버리고 싶었다.

"그래, 바로 그거야! 그렇게 해. 네 안에 깃든 힘을 터트려. 그게 길이야. 그게 네가 가야 할 길이라고."

내 안에서 사악한 기운이 휘몰아치는 게 느껴졌다. 온몸이 사악함으로 물들어갔다. 이마에 날카로운 칼날이 닿는 듯했다. 힘을 주고 찌르면 꽉 막힌 답답함이 뚫리고, 통쾌한 피바다가 펼쳐지리란 기대감이 치솟았다. 그래, 찢어버려! 핏물로 세상을 물들여 버려!

"캬옹!"

삼식이었다.

"뭐야?"

그자가 깜짝 놀라며 뒤로 물러섰다.

"캬아앙!"

삼식이가 날카롭게 울며 달려왔다. 그자는 화들짝 놀라며 도망쳤다. 그자가 사라지자 삼식이는 언제 그랬냐는 듯이 갸르릉거리며 내다리에 몸을 비벼댔다. 부드러운 촉감이 느껴지며, 온몸을 휘감던 분노가 삽시간에 사그라졌다. 나는 무릎을 꿇고 삼식이를 쓰다듬었다.

"삼식아, 어떻게 나왔어? 나오는 문도 없는데……."

어둠이 건네는 유혹

07

집에 들어가니 이미 이모가 와 있었다.

"어! 어디 갔다 오는 거야?"

"이모야말로 이 시간에 어쩐 일이세요?"

"오늘 도서관 외부 공사를 하느라고 빨리 닫고 왔어."

"저는 산책 좀 하려고 나갔었는데, 시간이 이렇게나 흘렀는지 몰랐어요."

나는 정직하게 말하지 않았다.

"사고라도 난 줄 알고 걱정했네. 급할 때 쓸 휴대전화라도 하나 장만해 줄까?"

"아뇨! 전 전화기 없이 지내는 게 좋아요."

"하긴, 너야 불편함이 없지. 괜히 내 마음만 흔들렸네. 씻어! 간식 먹자."

씻고 나와서 간식을 먹었다. 처음 왔을 때와 달리 식사량이 꽤나 늘었다. 이모와 즐겁게 대화하며 간식을 먹고 상을 치웠다. 이모가 설거지할 때 나는 거실에서 삼식이와 뒹굴며 놀았다. 한참 재미나게 노는데 거실 바닥에 놓인 휴대전화가 부르르 떨렸다. 화면에 뜬 이름을 보고 흠칫 놀랐다. 놀라서는 안 될 이름이고, 대다수에게는 반가운 이름이지만 나에겐 그렇지 않은 이름이었다. 이모는 화면에 뜬 이름을 확인하더니 나를 힐끗 봤다. 이모는 전화기를 들고 부엌으로 가서 받았다.

나는 바닥에서 일어나 앉았다. 삼식이가 내 품에 파고들었다. 삼식이를 꼭 안고서 목덜미를 쓰다듬었다. 삼식이는 몸을 살짝 움직이며 다른 곳도 만져달라고 했다. 여느 때 같으면 삼식이가 원하는 대로 쓰다듬어 줬을 텐데, 마음이 온통 전화기에 가 있다 보니 그럴 수 없었다. 이모 목소리가 좋지 않았다. 나는 귀뿐 아니라 눈도 이모 쪽으로 향했다. 삼식이를 쓰다듬던 손도 멈췄다. 그 순간 내 눈 안으로 에너지가 흘렀다. 이모 귀에 맞닿은 전화기가 뒤틀렸다. 이모 귀로 전해지는 소리가 비틀리며 찌그러졌다. 엄마는 하나도 안 변했다. 옛날에 겪었던 일들이 떠오르자 나도 모르게 손에 힘이 들어갔다.

"캭!"

삼식이가 날카롭게 울면서 빠져나갔다.

"미안!"

피하는 삼식이를 얼른 다시 안고 쓰다듬었다.

"널 바꿔달라는데, 괜찮겠니?"

이모가 나에게 다가오며 전화기를 내밀었다. 잠깐 망설이다 승낙
했다.

"잘 지내지?"

오랜만에 듣는 엄마 목소리였다.

"응."

"몸은 어때?"

엄마가 말했다.

"괜찮아."

"아픈 데는 없고?"

엄마가 말했다.

"응."

"거기서, 공부는 좀 하니?"

엄마가 말했다.

"……."

대답하지 않았다.

"아무리 그래도 공부를 아예 놓으면 안 되는 거 알지?"

엄마가 말했다.

"……."

듣고만 있었다.

"오늘, 뉴스에 걔 나왔는데……."

엄마가 말했다.

"누구?"

내가 물었다.

"너 중학교 2학년 때 가깝게 지내던 애, 우리 집에도 여러 번 놀러
왔었잖아. 이름을 들었을 때는 몰랐는데, 얼굴을 보니 바로 알겠더
라."

중학교 2학년 때 우리 집에 온 친구라면 이나은밖에 없다. 잠깐 떠
올리기조차 싫은 이름이다.

"이나은 말하는 거야?"

"아, 맞다. 나은이!"

"이나은이 왜? 나쁜 일이라도 저질렀대?"

정말 그러기를 바랐다.

"무슨 소리야? 나은이는 모범생이잖아."

엄마는 이나은과 나 사이에 어떤 일이 벌어졌는지 아직도 모른다.
알려고 들면 알 수 있었을 텐데 알려고도 하지 않았다. 이나은이 나한
테 얼마나 못된 짓을 했는지 이제라도 꼬치꼬치 말해주고 싶었다. 물
론 그래봤자 믿지도 않겠지만.

"이나은이 뭐라고 뉴스에 나왔는데?"

내가 느끼기에도 내 목소리가 떨렸다.

"나은이가 지하철역에 쓰러진 사람을 구했대."

"이나은이? 사람을?"

"다들 그냥 지나치는데 나은이만 이상하게 여기고 살펴봤나 봐. 그 사람이, 글쎄 갑자기 뇌경색이 왔는데 조금만 늦었으면 큰일 날 뻔했대. 텔레비전 뉴스에도 나오고, 인터넷에도 미담으로 다 떴어. 학교 친구들 인터뷰도 나왔는데, 모범생에 공부도 엄청 잘하나 봐."

전화기를 쥔 손이 바들바들 떨렸다.

"나은이가 나온 뉴스를 보니까 갑자기 네 생각이 나서."

이나은이 나온 뉴스를 보고서야 나와 통화할 생각을 하다니 역시 엄마는 한결같았다.

"나은이가 너보다 못했잖아. 너도 다시 하면 …… 그러니까 공부라는 게 ……."

엄마는 한참 동안 비슷한 말을 늘어놓았다. 나는 아무런 대꾸도 하지 않았다. 그냥 듣기만 했다. 듣기 싫었지만 전화를 끊지는 않았다. 이마가 시큰거렸다. 눈 안을 타고 흐르는 에너지가 점점 강해졌다.

"카악, 카아악!"

내 다리에 기댄 채 털을 고르던 삼식이가 매섭게 이빨을 드러내며 나에게서 멀어졌다. 꼬리가 위로 솟고 털들도 바짝 부풀어 올랐다. 집 앞에서 그자를 만났을 때와 똑같은 반응이었다. 이모가 얼른 삼식이를 안았다.

그제야 나는 내 안에서 끓어오르는 분노를 알아챘다. 예민한 삼식이가 내 상태를 감지하고 놀란 것이다. 엄마와 더 길게 통화하면 스스로 감당하지 못할 분노가 치솟을 것 같아서 얼른 전화를 끊었다. 전화를 끊고 나서도 한동안 분노가 가라앉지 않았다. 그런 나를 이모가 근심스럽게 바라보았다.

"괜찮니?"

삼식이를 쓰다듬으며 이모가 말했다.

괜찮다고 하고 싶었지만 말이 나오지 않았다.

"괜히 전화를 바꿔줬구나."

"아뇨, 제게 필요한 통화였어요."

나는 애써 내 감정을 가렸다.

"저는, 들어가 쉴게요."

더 있으면 괜히 이모만 불편하게 만들까 봐 그 자리를 피했다.

방에 들어가서 문을 닫고 침대에 누웠다. 모든 걸 잊은 채 자고 싶었다. 눈을 감았지만 잠은 오지 않고 옛일만 생생히 떠올랐다. 이나은, 그 착해 보이던 얼굴 뒤에 감춰진 잔혹함은 시간이 지나도 다시 떠올리기가 두려웠다.

이나은은 내 친구였다. 중학교 1학년 때도 친하게 지냈는데, 2학년 때는 더욱 가까워져서 단짝이 되었다. 우리 집에 놀러 와서 같이 자기도 했다. 밤새 수다 떨고도, 그다음 날 할 말이 넘쳐흐를 만큼 가까웠다. 지옥 같은 일상이었지만 그나마 이나은이 있어서 숨을 쉴 수 있었다. 그러다 6월이 되면서 갑자기 이나은이 나를 멀리했다. 내가 어찌

할 새도 없이 멀어졌는데, 그게 다가 아니었다. 어느 날부터 나는 애들에게 은근한 괴롭힘을 당했다. 대놓고 괴롭히면 발버둥이라도 쳐볼 텐데, 보이는 듯 보이지 않는 듯 괴롭히고 따돌리니 대응할 방법이 없었다. 은근한 따돌림이 주는 괴로움은, 드러내는 따돌림이 주는 고통보다 어떤 면에서는 더 지독했다. 불만을 제기할 곳도 없고, 해결할 방법도 없었다. 문제는 있는데 빠져나갈 문이 없었다.

그러다 그해가 끝나가는 12월이 되어서야 그 모든 일이 왜 벌어졌는지를 알게 되었다. 나와 말도 섞지 않던 어떤 애가 괜히 시비를 걸었다. 그 애는 내가 하지도 않은 일을 했다면서 나를 모함했고, 내 눈에는 그 애가 하는 거짓이 모조리 보였다. 나는 작정하고 달려들었다. 얼버무리고 빠져나가려는 걸 꽉 틀어막고 몰아붙였다. 구석에 몰리자 그 애가 이름 하나를 댔다.

"나은이가 그랬어."

상상도 못 한 이름이지만 믿어야 했다. 거짓말만 하던 그 애가 처음으로 밝힌 진실이었기 때문이다. 나는 잠시 혼돈에 빠졌지만 곧 정신을 차렸다. 나는 그 애가 한 말을 모두 녹음했다. 상황이 바뀌면 말을 바꾸는 경우를 숱하게 보았기 때문이다. 그리고 나서 이나은을 만났다. 6월 이후로 이나은과 말을 섞은 적이 없어서 용기가 필요했다. 이나은은 처음에는 나를 피했다. 녹음을 들려주자 그제야 놀라며 이런저런 변명을 늘어놓았다. 더럽고 추한 거짓말이었다.

"진실을 말하지 않으면 널 학교폭력으로 신고해 버릴 거야."

나는 내 성정에 맞지 않은 협박을 했다. 협박은 통했다. 이나은은 모범생이었고, 자신이 학교폭력으로 신고당하면 진학에 치명타를 입기 때문이다. 나는 이나은이 내가 하지도 않은 일을 했다고 거짓말한 이유를 알고 싶었다. 이나은이 털어놓은 사연은 내 예상과 전혀 달랐다.

6월 초는 한참 수행평가가 많은 시기다. 학원도 많이 다니고, 학원과 학교에서 내준 숙제도 많고, 기말고사까지 준비해야 해서 무척 바쁠 수밖에 없다. 꼼꼼한 이나은이었지만 너무 바쁘다 보니 중요한 수행과제를 제때 하지 못했다. 다음 날 제출해야 하는데, 그 전날까지 잊고 있다가 뒤늦게야 학원에서 과제를 했다. 빨리하려다 보니 어쩔 수 없이 인터넷에 있는 내용을 베꼈다. 들키면 안 되니까 티 나지 않는 수준으로 짜깁기를 했다. 나는 그때 이나은과 같은 학원에 다니고, 같은 반이어서 그 과정을 모두 지켜보았다. 그날따라 다른 학생들이 오지 않아서 거기엔 나와 이나은밖에 없었다.

그렇게 대충 만들어서 냈지만, 담당 선생님은 훌륭한 과제물이라면서 나은이를 흠뻑 칭찬했다. 그냥 칭찬으로 끝냈으면 됐는데, 그 선생님은 이나은이 낸 과제물을 다른 반에도 들고 가서 본보기로 보여주었다. 담임 선생님도 교실에 들어와서는 나은이 칭찬이 자자하다고 흐뭇해하셨다. 일이 이쯤 되자 이나은은 내 눈치를 봤다. 크게 칭찬받은 과제가 어떻게 탄생했는지 내가 다 알고 있으니 마음이 쓰였을 것이다. 그렇지만 나는 이나은과 둘도 없는 친구였다. 나도 그렇게 과제를 낸 적이 있으니 뒷말이 돌 걱정은 안 해도 괜찮았다. 그런데도 이나은은 혹시라도 내가 말하면 어쩌나 하는 걱정에 빠져들었다. 이나은은 작은 허물도 내보이고 싶지 않은 순결주의에 사로잡혀 있었다. 그 작은 허물을 감추려고 이나은은 나를 멀리했고, 내가 혹시 그 말을 하더라도 사람들이 신뢰하지 못하게 만들려고 나를 못된 사람, 믿을 수 없는 사람으로 만들어버린 것이다.

이나은이 하는 말은 모두 사실이었다. 차라리 거짓이면 좋았을 텐데, 그게 사실이라니 더 미칠 것 같았다. 그런 돼먹지 않은 이유로 나를 멀리하고, 6개월 동안 뒤에서 은근히 괴롭혀 왔단 말인가? 차라리 큰일이라면, 그럴 수밖에 없는 이유라도 따로 있었다면 이해하고 용서할 수 있었을 것이다. 그따위 이유로, 내 삶을 망가뜨린 이나은을 향해 불같은 분노가 치솟았다. 내 손에 날카로운 칼이라도 들려 있었다면 그대로 이나은을 찌르고 싶다는 충동에 빠질 만큼 내 분노는 컸다. 진실을 털어놓은 뒤 이나은은 무릎을 꿇고 내게 용서를 구했다. 잘못했다고 하면서 다른 사람에게는 말하지 말아 달라고 신신당부했다. 이나은이 하는 말을 듣는데 헛구역질이 났다. 잘못했다는 말이 모조리 거짓이었기 때문이다. 이나은은 그저 자기 평판이 목적이었다. 잘못했다는 말도, 무릎을 꿇은 것도 오직 자기 평판을 지키기 위해서였다. 그 순간에도 거짓말하는 이나은을 보면서 나는 사람에 대한 신뢰를 완전히 잃어버렸다.

나는 이나은에 얽힌 이야기를 한마디도 다른 사람에게 하지 않았다. 그 뒤로는 '이나은'이라는 이름조차 입에 올리지 않았다. 시간이 흘러 3학년이 되었고, 나는 전혀 다른 사람이 되어 있었다.

그날 밤, 수없이 많은 괴물에게 쫓기는 악몽을 꾸었다. 악몽은 밤새도록 이어졌고, 나는 흠뻑 땀에 젖은 채 새벽에 깨어났다. 기운이 없었다. 다시 잠들기가 무서웠다. 그 괴물들을 모조리 없애버리면 어떨까? 내게 힘이 생기면 가만두고 싶지 않았다. 밖이 환해질 때까지 끝없이 일어나는 분노에 어찌할 바를 몰랐다.

이모부는 회사에서 전화가 와서 일찍 출근했다. 하는 수 없이 혼자서 점심을 차려 먹었다. 이모 집에 내려온 뒤에 처음으로 혼자 밥을 먹었다. 예전에는 익숙한 일이었는데 오랜만에 겪어서 그런지 몹시 쓸쓸했다. 밥을 먹고 작은도서관에 가려고 버스를 탔다. 버스에 올라타다 흠칫 놀랐다. 또 그 버스기사였기 때문이다. 버스기사는 여전히 거칠게 운전했고, 버스에서 내릴 때도 빨리 안 내린다며 구박했다. 욕설을 들으며 버스에서 내리니 몸이 부들부들 떨렸다.

이모를 대신해서 작은도서관을 지켰다. 책이 그나마 내게 위안을 주었다. 책 빌리러 오는 사람들과는 신경전을 벌이거나 눈치 보지 않아도 돼서 좋았다. 두 시간쯤 뒤에 밖에서 일을 마치고 온 이모가 웬 노인 한 분과 함께 작은도서관으로 들어왔다. 구부정한 허리에, 주름지고 새카만 얼굴이 낯익었다. 허리를 구부린 채 힘겹게 걷던 모습이 생생하게 떠올랐다. 이모는 왜 저 노인과 함께 온 걸까?

"마을신문에 어르신들이 살아온 이야기를 담으려고 인터뷰하는 거야. 내가 인터뷰를 마칠 때까지 자리 좀 지켜줄래?"

이모가 말했다.

"네."

나는 기꺼이 부탁을 받아들였다. 그 노인을 보며 느꼈던 안타까움과 고통이 생생해서 도대체 어떤 삶이었을지 무척 궁금했다.

"낼모레 백 살인데, 여기서 나서 여기서 자란 얘기 말고는 없어."

예상과 달리 목소리는 꽤나 힘이 넘쳤다. 고통에 전 몸과는 사뭇 다른 음색이었다.

"그냥 살아온 이야기를 들려주시면 돼요."

"그래도 돼?"

"그럼요."

이모가 밝게 웃자 노인도 따라 웃었다. 깊은 주름이 더 깊어 보였다.

"아휴, 내 얘기라고 해봤자 고생뿐이지 뭐."

그렇게 입을 연 노인은 일제 식민지 시기에 농사지을 땅도 없고 일거리도 없어서 어른들은 죄다 밖으로 일하러 나간 기억부터 떠올렸다.

"좁쌀이나 콩깻묵 같은 걸 배급으로 받았는데, 어른들이 집에 없어서 소학교 1학년인 내가 타왔어. 배급소에서 배급을 타느라 학교도 종종 빠졌고, 배급 타서 짊어지고 올라가는 나를 보며 애들이 많이 비웃었지. 내가 자꾸 학교를 빼먹으니까 1학년 담임이었던 일본인 나리타

여선생이 나를 퇴학시켜 버렸어. 그때는 선생들이 엄청 무서웠지."

노인 입에서 나온 이야기는 온통 힘겨운 것뿐이었다.

소학교, 지금으로 치면 초등학교 1학년 때 학교에서 퇴학당한 후 그 어린 나이부터 산에 올라가 나무를 하고, 무거운 나뭇짐을 진 채 읍내까지 수 킬로미터를 걸어가 나무를 팔았다고 했다. 먹을 게 없어서 나무껍질을 벗겨 먹기도 했고, 애써 수확한 쌀을 소작료로 바친 뒤 쫄쫄 굶는 일도 숱했다. 그 후 전쟁이 나서 인민군에게 끌려갔다가 간신히 살아 돌아왔다. 국군에 입대했는데 물자가 부족해서 새 전투복 한 벌 입어보지 못했고, 군대에서도 먹을 게 없어서 두부공장에서 콩비지를 얻어다 먹었다. 군대를 마친 뒤에는 가난한 살림에 부쳐 먹을 땅이 모자라 늘 다른 사람 집에 가서 일을 도왔다. 뙤약볕에서 평생 일하느라 살갗은 검게 타고, 늘 무거운 짐을 지고 사느라 허리는 구부정해졌다. 긴 세월을 함께한 아내는 당뇨병에 걸려 오랫동안 고생하다 죽었다. 평생을 먹고 싶은 음식도 못 먹고, 입고 싶은 옷 한 벌 제대로 입지 못하고 살았다…….

노인이 풀어놓는 이야기를 듣는 내내 숨이 막혔다. 노인이 겪은 고통 가운데 하나만 내게 닥쳐도 이겨낼 자신이 없었다. 삶을 포기해도 몇 번은 포기했을 고통이었다. 노인에게서 나온 이야기는 모두 충격이었는데, 마지막 말은 그 어떤 이야기보다 강한 충격으로 다가왔다.

"쭉 살아보니까 말이여. 고생도 사는 맛이더라고. 나한텐 고생이 가장 큰 재산이고 즐거움이여. 그러고 보면 나는 참 맛난 삶을 살았어."

노인은 마치 세상 모든 이치를 달관한 사람처럼 빙그레 웃었다. 푹 꺼진 눈에는 절망이 아니라 기쁨이 가득했다. 주름마다 삶에서 얻은 연륜이 묻어났고, 검게 탄 살결은 단단한 내공을 뿜어냈다. 인터뷰가 끝나자 노인은 구부정한 걸음으로 작은도서관을 빠져나갔다.

나는 노인이 남긴 마지막 말에서 한동안 헤어나지 못했다.

'고생도 사는 맛이라고? 내가 겪었던 그 고통이 사는 맛이라고? 말도 안 돼! 나에게 고통은 그저 고통일 뿐이야. 고통은 살아가는 맛이 될 수 없어. 등이 굽고 주름이 파이고 살이 까맣게 탔는데, 어떻게 그런 삶이 맛날 수가 있어? 그런 삶을 백 년 가까이 살았는데 그게 사는 맛이라고? 절대 그럴 리 없어.'

그러나 부정할 수도 없었다. 노인에게서 거짓이 보이지 않았기 때문이다. 티끌만 한 거짓도 비치지 않았다. 노인은 처음부터 끝까지 진실만을 말했다. 그게 더 나를 괴롭혔다. 노인이 한 말이 진실이라니……. 나에게 고통은 고통일 뿐이다. 고통은 쓴맛이고, 쓴맛은 맛있지 않다. 고통뿐인 삶은 지옥이다. 그런 삶은 지워버려야 한다. 그게 내 신념인데, 노인은 내 신념을 뿌리째 흔들어버렸다. 그러고 보니 정미순 할머니도 비슷한 말을 했다. 아픔도 껴안고 살아야 한다고.

정류장에서 버스를 기다리는데 또 그자가 나타났다. 비슷해 보이지만 황련과는 확연히 다른 눈빛과 분위기라서 뚜렷하게 구별할 수 있었다.

"그 녀석을 돕지 마. 나를 막지 마. 너는 나와 같은 존재야. 너는 내 편이어야 해."

눈이 새까맣게 물들어 있었다. 이자는 어둠이다. 칠흑보다 짙은 어둠이다.

"난 느껴, 네 안에 있는 엄청난 분노를! 넌 고통스러워. 괴롭힘을 당했어. 수없이 많은 부당함을 온몸으로 겪었어. 나는 네 편이야. 그 녀석은 네 편이 아니야. 그 녀석은 네 아픔 따위에는 관심도 없어. 그냥 너를 써먹으려고 너에게 다가갔을 뿐이야."

가짜 황련이 내 왼손을 잡았다. 아무렇지도 않았다.

"작은 허물을 가리려고 온갖 못된 짓을 벌인 나은이가, 미담 주인공이 되어 뉴스에까지 나오다니 열 받지 않아?"

내 이야기를 다 알고 있었다. 내가 나은이 얘기를 했던가? 무더위가 기승을 부리던 그날, 잠깐 이야기는 했지만 모든 걸 말하지는 않았는데……. 어젯밤에 벌어진 일은 또 어떻게 다 아는 걸까? 가짜 황련이 무서웠다.

"이나은을 그대로 둘 거야?"

물론 복수하고 싶다. 뿌리까지 무너뜨리고 싶다. 그럴 능력만 있다면!

"나는 그 옹달샘을 차지할 거야. 그 녀석이 독차지한 채 온갖 재주를 마음대로 부리는 꼴을 더는 못 보겠어. 내 불행은 모두 그 녀석 때문이야."

그자가 바짝 다가왔다. 검은 눈이 세상을 집어삼킬 듯 점점 커졌다.

"너도 속으론 내 말이 끌리지? 솔직해져. 남들이 쏟아내는 거짓말에 그렇게 당하고 괴로워했으면서 왜 네 본심을 속이는 거야? 너는 그 녀석과 다른데, 왜 그 녀석에게 마음이 쏠릴까? 그건 네가 좋은 사람인 척하고 싶기 때문이야."

머리도 몸도 고통과 혼란으로 뒤죽박죽되었다.

"그 늙은이를 봐. 온통 고통스러운 삶을 살아놓고도 남들 앞에서는 괜찮았다고 거짓말하잖아. 고통이 맛난 삶이라니 어떻게 그런 어처구니없는 거짓말을 할 수 있지?"

"노인은 진실을 말했어."

없는 힘을 쥐어짜며 대항했다.

"그 말을 믿는단 말이야? 더는 너 자신을 속이지 마. 다들 고통을 모른 척해. 나는 달라. 나는 고통을 있는 그대로 바라봐. 당했으면 풀어야 해. 고통으로 인한 분노를 터트려야 해!"

숨이 찼다. 숨을 쉬기 힘들었다.

"그렇게 억지로 아니라고 속여봐야 너 자신은 거짓말하고 있다는 사실을 잘 알 거야. 너 자신을 속이지 마!"

이를 악물었다. 내 손목을 그은 사건이 떠올라 미치도록 괴로웠다. 나를 짓눌렀던 자괴감이 또다시 내 손목을 노렸다. 아니, 이번에는 내 목숨마저 노렸다.

"그만해! 그만하라고! 나는 너를 안 믿어! 결코, 절대!"

나는 이를 악물고 악을 쓰며 붙잡힌 왼손을 힘껏 휘저었다. 손목이 허전해지더니 팔이 허공을 갈랐고, 나를 괴롭히던 그자는 연기처럼 사라져 버렸다.

겨우 정신을 수습하고 버스에 올랐다. 또다시 그 버스기사였다. 정신이 혼미해서 버스카드를 늦게 댔다. 그러자 버스기사가 나에게 거친 말을 쏟아냈다. 한마디 하려다 꾹 참고 뒤에 가서 앉았다. 조금만 가면 내릴 거라서 뒷문 바로 앞에 앉았다. 버스기사는 느리게 가는 자동차를 위험천만하게 앞질렀다. 하마터면 사고가 날 뻔했다. 버스기사가 미웠다. 저런 버스기사는 벌을 받으면 좋겠다…….

"거봐?"

또다시 그자였다.

"너는 나를 닮았어."

아니야. 그렇지 않아.

"버스기사가 벌 받기를 원하지?"

그렇기는 하지만…….

그자가 버스 운전사 옆에 서 있었다. 그러나 버스 안에 있는 승객들은 그자를 보지 못했다. 그자는 버스기사가 잡은 운전대를 확 돌려버렸다. 그러자 버스가 갑자기 왼쪽으로 확 틀어졌다. 맞은편에서 오던 승용차는 버스를 피하려다 개천에 처박혔다. 버스기사는 왼쪽으로 쏠리는 운전대를 가까스로 오른쪽으로 돌렸다. 그 바람에 버스가 지그

재그로 움직이다가 벗나무를 들이받은 뒤 반대쪽으로 넘어갔다. 버스가 엎어지면서 다친 승객들이 고통스러운 신음을 쏟아냈다. 나도 여기저기 부딪혀 온몸이 아팠다.

그때 그자가 보였다. 그자는 버스기사 옆에 서 있었다. 버스기사는 정신을 잃었는지 꼼짝하지 않았다. 그자가 버스기사를 만지더니 오른손을 들어 보여주었다. 피가 흥건했다. 그자가 사악한 웃음을 지었다. 못된 버스기사가 벌을 받는데, 통쾌하지 않았다. 버스기사는 못됐지만 이런 벌을 바라지는 않았다. 지나가던 차들이 멈춰 서더니 사람들이 버스로 뛰어왔다. 그자는 잔인한 웃음을 남긴 채 사라졌다.

크게 다치진 않았지만 응급차에 실려 병원으로 갔다. 간단하게 응급처치만 받으면 될 줄 알았는데, 생각보다 많이 다쳤는지 입원이 필요하다고 했다. 주사 맞고 약을 먹은 뒤 잠깐 잠이 들었다.

'은별아!'

나를 부르는 소리였다.

'은별아, 눈을 떠!'

황련이 나를 불렀다.

'은별아, 도와줘!'

황련이 나에게 간절하게 도움을 청했다.

눈을 떴다.

'은별이가 도와줘야 해요. 온 힘을 다해 도와야 해요.'

정미순 할머니 목소리도 들렸다.

나는 몸을 일으켰다.

'은별아, 제발 도와줘.'

처절하고 간절한 부탁이었다.

침대 밖으로 발을 내렸다.

"어디 가려고?"

이모가 물었다.

"빨리 집에 가야 해요."

나는 신발을 찾았다.

"은별아, 안 돼! 더 치료받아야 해."

"이모, 제발……."

간절하게 부탁했지만 이모는 단호했다.

잠시 후, 회사에서 퇴근한 이모부가 왔다. 이모부에게도 부탁했지만 들어주지 않았다. 방법이 없었다. 황련이 간절하게 나를 찾는데 모른 척할 수는 없었다. 그래서 몰래 도망치기로 했다. 더는 무기력하게 상황에 끌려가는 고은별이 되고 싶지 않았다.

화장실에 가는 척하며 그대로 병원을 빠져나왔다. 슬리퍼에 환자복 차림으로 택시 승강장으로 나왔다. 병원 앞에서 손님을 기다리는 택시에 곧바로 올라탔다. 택시기사는 나를 자세히 살피더니 의심스럽게 물었다.

"돈은 있니?"

십 대 소녀가 환자복 차림으로 병원 앞에서 도망치듯이 택시에 올라탔으니 의심할 만한 상황이었다.

나는 택시기사를 보며 최대한 맑게 웃었다.

"그럼요."

또다시 내 입에서 거짓말이 나왔다. 씁쓸했지만 어쩔 수 없었다.

택시를 타고 가는데 갑자기 천둥이 치더니 습기가 축축하게 번졌다. 환하던 달빛도 시커먼 먹구름에 순식간에 잡아먹혔다. 비가 조금씩 내리더니 벚나무 길에 들어서자 폭우가 쏟아졌다. 마을에서 나오는 불빛마저 가릴 만큼 엄청난 비였다. 차는 점점 이모 집에 가까워졌다. 이제 택시비를 어떻게 할지 궁리해야만 했다. 아무리 머리를 굴려도 대책이 떠오르지 않았다. 일이 틀어지면 바로 경찰서로 끌려갈 가능성도 있었다. 그때였다.

택시 앞에 갑자기 사람 형상이 나타났다. 택시기사는 깜짝 놀라 브레이크를 밟았지만, 워낙 갑작스럽게 벌어진 일이라 충돌을 피하지 못했다.

"이런! 빌어먹을."

택시기사는 놀라며 폭우 속으로 뛰어나갔다.

나도 얼른 밖으로 나갔다.

"뭐야, 고라니잖아. 고라니 두 마리를 한꺼번에 치다니……."

택시기사가 투덜거렸다.

기회는 이때뿐이었다. 나는 얼른 냇가로 내려갔다. 폭우로 물살이 빠르게 불어나고 있었다. 머뭇거릴 새가 없었다. 나는 빠른 걸음으로 냇물로 들어갔다.

"야, 택시비! 저런 못된 년!"

택시기사가 욕하는 소리가 들렸다. 나는 무시하고 그냥 건넜다. 물살이 점점 강해지면서 몸이 휘청거렸다. 재빨리 수풀을 붙잡았다. 조금만 더 지체했다가는 물살에 휩쓸릴 수도 있는 위험천만한 순간이었다. 나는 힘겹게 냇물을 헤치며 걸었다. 냇물을 다 건넜을 때는 몸이 엉망이었다. 교통사고를 당한 부위가 쓰라렸다. 폭우에 앞도 잘 보이지 않았다.

냇물 옆으로 난 길로 가면 더 빨리 목적지에 도달할 수 있지만 나는 논둑길을 택했다. 혹시 택시기사가 차로 쫓아올지도 모른다는 걱정이 되었기 때문이다. 논둑에 난 수풀에 스치며 발과 다리에 무수한 상처를 입었지만, 아픔을 느낄 겨를도 없었다. 동네에 들어설 때쯤에는 몸이 만신창이가 되어 있었다. 빗줄기가 굵어서 아무것도 보이지 않았고, 빗소리 외에는 아무런 소리도 들리지 않았다. 가까운 데서 천둥이 울렸다. 귀를 막아도 고막이 아플 만큼 엄청난 천둥이었다.

폭우 속으로

08

골목을 지나 오솔길 입구에 들어섰다. 흙탕물이 발목까지 차올랐다. 번갯불이 비칠 때만 길이 보였다. 더듬더듬 걷는데 이상하게도 앞으로 나가기가 점점 힘들었다. 손을 뻗기도 버거웠다. 위험을 무릅쓰고 숲으로도 들어가 봤지만 단 한 걸음도 내디딜 수 없었다.

'어떡하지? 이대로 포기하고 돌아가야 하나?'

어찌할 바를 모른 채 고민하는데 또다시 나를 부르는 소리가 들렸다.

'은별아!'

간장이 녹아나는 듯했다.

'도와줘.'

뼈가 부러지는 고통이 느껴졌다.

어떻게든 가야만 한다. 이대로 물러서면 안 된다. 할머니가 그랬다. 온 힘을 다해서 도우라고. 이 정도에 물러서면 온 힘을 다해 도운 거라고 할 수 없다. 무슨 방법이 없을까? 그곳으로 가는 다른 길이 없을까? 황련을 도울 방법이 없을까?

"황련을, 황련……. 아, 그 꽃길! 이상한 바위! 맞아, 바로 거기야."

처음 이 동네에 온 날, 이모부가 나를 데려간 곳이 떠올랐다. 벚꽃과 개나리가 어우러져 빚어낸 꿈결 같은 풍경, 노란빛 황련이 핀 예쁜 연못, 꽃과 바람이 넘실대던 오솔길, 길을 막아선 바위를 만졌을 때 느꼈던 익숙하면서도 낯선 촉감까지 다 선명하게 기억났다.

'혹시 그곳이 또 다른 문이 아닐까?'

다른 생각이 나지 않아서 일단 그곳으로 가보기로 했다.

마을길을 지나쳐 냇가로 나왔다. 냇가를 따라 난 길을 걷는데, 바람과 천둥과 비가 더욱 거세졌다. 그냥 걸어가기도 힘겨웠다. 예전 같은 체력이었다면 견디지 못할 폭풍이었다. 비바람을 뚫고 힘들게 그곳에 도착했다. 그런데 그곳은 높다란 가림담이 빙 둘러쳐 있었다. 낮에 버스를 타고 지나갈 때만 해도 없던 담이었다.

'설마 이곳마저 사들인 걸까?'

유일하게 찾아낸 해결책마저 무산되자 암담해졌다.

'그래, 이러면 나로서는 어떻게 해볼 길이 없어.'

어쩔 수 없이 몸을 돌렸다. 허탈함과 한기가 파고들었다. 몸이 무거워지고 힘이 쭉 빠졌다.

- 냐~옹!

"어, 삼식아! 네가 어떻게……."

비를 흠뻑 맞은 삼식이가 돌아가려는 나를 가로막았다. 나는 얼른 삼식이를 껴안았다. 삼식이는 잠시 내 손길을 느끼더니 몸을 심하게 뒤척였다. 내려달라는 뜻이었다. 나는 삼식이를 내려놓았다.

- 니이야~옹.

"따라오라고?"

- 야아~옹.

"길이 있어?"

나는 얼른 삼식이 뒤를 따랐다. 삼식이는 가림담을 돌더니 교묘하게 뚫린 틈새를 찾아냈다. 몸집이 큰 사람이라면 어렵겠지만, 나는 넉넉하게 지나갈 만한 구멍이었다. 구멍을 지나자마자 주변을 살폈다. 건물 안은 불이 환하고 사람도 많았는데 밖에는 아무도 없었다. 비바람이 심해서 다들 집 안에만 머무는 모양이었다. 빠른 걸음으로 오솔길을 걸어서 바위에 이르렀다.

그때처럼 바위를 쓰다듬었다. 역시 촉감이 이상했다. 익숙하면서도 낯선 기운이 손끝을 타고 들어오더니 빠르게 이마로 옮겨 갔다. 이마에서 강렬한 힘이 소용돌이쳤다. 이마에 난 상처가 찢어질 듯 아팠다. 그때는 바로 손을 뗐지만, 이번에는 가만히 버텼다. 고통은 익숙했다. 웬만한 고통은 아픔으로 느껴지지도 않을 만큼 내성이 생겼다. 고통이 심해질수록 바위에서 전해지는 촉감은 부드러워졌다. 내 인내력이 한계치에 이를 때쯤 손이 바위 안으로 스며들듯 사라졌다. 그에 맞춰 삼식이가 먼저 바위 안으로 들어갔고, 나도 그 안으로 들어갔다.

바위 안으로 들어서니 시간이 멈춘 듯했다. 감각이 점점 무뎌지더니 생각만 남았다. 시간도 공간도 없이 감각 없는 생각만 떠돌았다. 생각마저 조금씩 희미해지며 나라는 인식마저 사라졌다. 분명히 생각은 있는데, 나는 없었다. 끝도 없는 거대한 어떤 존재와 하나가 된 듯했다. 이 느낌, 언젠가 한 번 경험한 적이 있었다. 언제였더라? 이 생각을 하는 내가 나인가? 아, 그래! 황련이 밀쳐서 샘에 빠졌을 때 내 팔목을 만졌던 손길, 그 손길이 주는 푸근함이었다. 이제 그 푸근함이 팔이 아니라 온몸을 감쌌다. 무한한 사랑이 내 전체를 보듬었다. 이대로 내가 사라지기를……. 이대로 편안한 품에 안겨 잠들기를…….

맨 처음 깨어난 감각은 후각이었다. 진한 향기가 내 의식을 깨웠다. 바람에 실려 온 향기가 세포와 신경을 구석구석까지 깨웠다. 뒤이어 다른 감각도 깨어났다. 사라졌던 내가 돌아왔다. 비와 냇물에 젖어서 엉망이었던 옷도 뽀송뽀송해졌다. 저 멀리 빛 한 점이 보였다. 나는 그 빛을 향해 걸었다. 빛나는 곳이 그 샘인 듯해서 서둘렀지만, 서두를수록 몸은 느리게 나아갔다. 발을 천천히 내디디면 도리어 빛이 더 빠르게 가까워졌다. 이해하기 힘든 현상이었지만 사실이었다. 천천히 호흡하며 최대한 느리게 걷자, 불빛이 점점 커지면서 그 모습을 드러냈

다. 내 예상대로 빛은 샘이었다. 정확히 말하면 샘을 비추는 조명이
었다.

비가 쏟아지는 와중에도 강렬한 조명이 샘과 주변을 밝혔다. 아름
다웠던 옹달샘 주변은 난장판이었다. 나무는 다 쓰러지고 뽑히고 부
러졌으며, 바위는 산산조각이 났고, 예쁜 꽃들은 흔적조차 보이지 않
았다. 사냥꾼들은 겹겹이 서서 옹달샘을 동그랗게 포위한 채 칼을 휘
둘러 댔다. 그러나 어찌 된 일인지 일정한 선을 그리며 더는 옹달샘에
가까이 다가서지 못하고 있었다. 어떤 보이지 않는 막이 옹달샘 둘레
를 가로막은 듯했다. 사냥꾼들은 뒤로 빠졌다가 충돌하기도 하고 하
늘로 높이 뛰어오르기도 했지만, 아무도 방어벽을 뚫지 못했다.

김효민이 사냥꾼들을 지휘했는데, 그자도 김효민 옆에 있었다. 황
련은 옹달샘 옆에 쓰러진 채 숨을 헐떡이며 힘들어했다. 머리부터 발
까지 온몸이 피범벅이었다. 사냥꾼들은 바람처럼 날렵했다. 사냥꾼들
이 청동검처럼 생긴 칼을 휘두를 때마다 청색광이 사방팔방으로 쏟아
져 나갔다. 사냥꾼들은 온 힘을 다해 칼을 휘둘렀지만, 방어벽은 끄떡
도 없었다.

그때 김효민이 손짓하자 몇몇이 뒤로 빠지더니 어둠 속에서 김현
을 데려왔다. 김현은 팔과 몸이 꽁꽁 묶여 있었다. 얼굴은 온통 피멍이
들었고, 옷에는 비에도 씻기지 않은 핏자국이 선명했다.

그때 김효민이 하는 말이 또렷하게 들렸다.

"주문을 말해."

김현은 입을 꾹 다문 채 대꾸하지 않았다.

김효민은 청동검처럼 생긴 칼로 김현을 겨누었다.

"어제부터 지금까지 버텼으면 너로서는 할 만큼 한 거야. 주문을 말하고 네 목숨을 지켜. 어차피 저 방어막은 영원하지 못해."

"그렇게 자신 있으면 그냥 죽여."

김현은 목을 칼에 들이밀었다.

"지독하군."

"너희들보다는 덜 지독해, 크크크."

김효민은 한숨을 쉬더니 칼을 집어넣었다.

"데려와."

김효민이 뒤를 보며 명령했다.

사냥꾼들이 조명 바깥에서 어떤 여자를 끌고 왔다. 이십 대 중반으로 보이는 여자였는데, 언뜻 보기에도 김현과 꽤나 닮아 보였다.

"외삼촌!"

"민지야!"

김현이 고통스럽게 조카를 불렀다.

"이 나쁜 새끼들!"

김효민은 그런 김현을 보며 잔인하게 웃었다.

"10년 전에는 실패했지만 이번엔 아니지."

"납치하지 않는다면서……. 나한테 거짓말을 했군."

뒤에서 팔짱 끼고 구경하던 황련을 닮은 그자가 나섰다.

"너에게 모든 걸 말해줄 이유는 없어."

김효민이 차갑게 대꾸했다.

"당신들은 비겁한 수를 쓰지 않을 줄 알았는데, 똑같군."

"대의를 위한 불가피한 선택이야."

"늘 그렇게 말하지."

"이런 일로 계약을 깨려는 건 아니겠지?"

김효민이 그자를 노려봤다.

"나와 상관없는 일로 계약을 깰 생각은 없어. 단지 당신들을 전적으로 신뢰하면 안 되겠다는 경계심이 들 뿐."

"우리는 계약은 반드시 지켜."

"두고 보면 알겠지."

그자는 팔짱을 풀고 두어 걸음 뒤로 물러났다.

김효민은 김현에게 바짝 다가갔다.

"어차피 이곳은 우리 차지야. 네가 도와주지 않아도 시간을 두고 천천히 깨뜨리면 돼. 저 녀석이 지닌 힘에도 한계는 있을 테니까. 조카를 구할지 말지 결정해. 솔직히 말하자면 우리도 예언서를 확보했어."

"거짓말!"

김현은 그렇게 말했지만, 안타깝게도 김효민이 한 말은 거짓이 아니었다.

"불꽃이 '게브'를 괴롭히면 돛단배를 몰던 '라'가 '토드'에게 노를 넘긴 뒤 쉬러 가고, '오시리스'를 만나러 간 '호루스'는 깊은 속사람을 깨어나게 하려 '눈'을 뜬다."

김효민이 주문을 외웠다. 낯선데 익숙한, 한 번쯤 들어본 듯한 주문이었다. 아무리 뒤져봐도 그런 기억이 없는데, 익숙한 느낌이 드는 까닭은 뭘까?

"어떻게⋯⋯?"

김현이 매우 놀랐다. 김효민은 태연하게 김현을 압박해 나갔다.

"이 주문을 어떻게 변형해야 방어벽이 깨지는지 우리도 곧 알아낼 거야. 시간은 좀 걸리겠지만 우리도 오래 기다렸으니 만만치 않아. 어차피 시간이 지나면 네 도움 따위는 필요 없어. 우리는 단지 시간을 단축하고 싶을 뿐이야. 아무리 발버둥 쳐도 저 녀석은 여기를 벗어나지 못해. 저 방어벽은 방어벽이 아니라 감옥이 될 거야. 우린 결국 뚫어낼 거고, 저 녀석을 손에 넣을 거야. 며칠 시간을 벌기 위해 조카를 희생시키겠다면 그렇게 해."

김현은 치미는 분노에 어찌할 바를 몰랐지만, 김효민은 아랑곳없이 말을 이어 나갔다.

"10년 전에 우리 손에 잡혔다가 도망친 계집애가 고고학자가 되어 우리를 뒤쫓다니 솔직히 깜짝 놀랐어. 우리 비밀을 세세하게 많이 알고 있어서 더 놀랐지. 어차피 그대로 두면 좋을 게 없다고 생각했는데,

네가 입을 열지 않겠다면 어쩔 수 없지."

김효민이 손을 치켜들었다.

"죽여!"

엄포용 명령이 아니었다. 진짜 죽이라는 명령이었다. 사냥꾼 한 명이 칼을 뽑더니 민지에게 성큼성큼 다가갔다.

"멈춰!"

김현이 이를 부드득 가는 소리가 내 귀에도 들렸다.

"좋은 결정이야. 주문을 대."

"외삼촌! 그러지 마."

민지가 발버둥을 쳤다. 사냥꾼들이 억세게 민지를 내리눌렀다. 김현은 조카를 물끄러미 보더니, 체념하듯 작은 목소리로 입을 열었다.

"불꽃이 '달빛'을 괴롭히면 돛단배를 몰던 '별'은 '환'에게 노를 넘긴 뒤 쉬러 가고, '삼태성'을 만난 '진실의 문'은 깊은 속사람을 깨어나게 하려 「달빛의 눈」을 뜬다."

"됐어!"

김효민이 위로 뛰어올랐다. 몸이 새처럼 날아오르더니 방어벽 꼭대기에 우뚝 섰다. 김효민은 칼을 뽑아 방어벽을 향해 찌르면서 조금 전에 알아낸 주문을 크게 외쳤다.

"불꽃이 '달빛'을 괴롭히면 돛단배를 몰던 '별'은 '환'에게 노를 넘긴 뒤 쉬러 가고, '삼태성'을 만난 '진실의 문'은 깊은 속사람을 깨어나게 하려 「달빛의 눈」을 뜬다. 나는 깨어난 자, 이제 명령을 들어라!"

무수한 공격에도 꿈쩍하지 않던 방어벽은 주문과 함께 내지른 칼에 뚫렸고, 김효민은 그대로 황련에게 달려들었다. 황련이 몸을 피하며 발로 걷어차자 김효민이 멀리 튕겨 나갔다. 그와 동시에 빗물이 방어벽 안으로 쏟아져 들어갔다. 황련을 지키던 방어벽은 완전히 사라졌다. 사냥꾼들이 황련을 향해 달려들었다.

몸을 일으킨 황련이 손을 위로 들었다. 손끝에서 노란 꽃잎이 회오리를 그리며 쏟아져 나왔다. 회오리는 빗방울과 사냥꾼들까지 모조리 튕겨냈다. 옹달샘 주변은 노란 꽃잎이 만들어낸 회오리 때문에 아무것도 보이지 않았다. 회오리는 점점 커져, 샘물을 비추던 조명마저 박살 내 버렸다. 사냥꾼들은 피투성이가 되어 쓰러졌고, 김효민도 예외는 아니었다.

그때 그자가 피투성이가 되어 쓰러진 김효민을 일으켜 세웠다.

"빌어먹을! 아주 발악을 하는군."

"만만치 않다고 했잖아. 도와줄까?"

"저걸 깨뜨릴 수 있어?"

"나는 저자랑 상극이야."

"좋아."

"계약을 잊지 마. 계약을 어기면 가만두지 않을 테니."

"쓸데없는 걱정은……. 우리에게 저 샘 따위는 필요 없어. 우리는 저 아이만 있으면 돼."

"멍청한 순결함이 저 녀석 약점이지."

그자는 징그럽게 웃더니 서서히 꽃잎 회오리를 향해 걸어갔다. 이상하게도 꽃잎 회오리는 그자 주변에서 힘없이 흐트러졌다. 그자가 황련에게 다가갈수록 회오리바람이 약해졌고, 꽃잎은 그냥 흩날리기만 할 뿐 사냥꾼들에게 위협이 되지 못했다. 사냥꾼들은 점점 포위망을 옥죄었다.

그때쯤에 나는 어둠이 빛을 만나는 지점에 이르렀다. 한 발만 더 내디디면 싸움터로 들어서는 곳이었다. 그러나 무작정 들어설 수는 없었다. 도와줄 방법을 찾아야만 했다. 황련을 도울 방법이 없을까? 삼식이가 털을 바짝 세우고 발톱을 드러내면서 한 발을 내디뎠다. 문득, 어떤 장면이 떠올랐다. 발톱, 날카로움, 그리고 피!

"맞다. 피! 음악회!"

음악회 때도 이와 비슷한 일이 있었다. 보랏빛 먼지가 노란 꽃잎을 포위했을 때 내 피가 노란빛을 구해냈다. 내가 생각한 방법이 효과를 발휘할지 안 할지는 확신할 수 없었지만, 어차피 다른 방법은 없었다. 나는 무릎을 꿇고 앉았다. 그러고는 삼식이 등을 쓰다듬었다.

"삼식아! 부탁해."

나는 삼식이 앞으로 왼팔을 내밀었다.

삼식이는 내 뜻을 알아챘는지 주저하지 않고 발톱을 세워 내 손목을 그어버렸다. 날카로운 발톱이 손목을 통과했고, 붉은 피가 흘렀다. 나는 그 순간 싸움터로 발을 내디뎠다. 어둠이 사라지고 현실이 펼쳐졌다. 내가 현실에 발을 딛자마자 손목에서 흐른 피가 하늘로 솟아오르더니 노란 꽃잎 회오리를 향해 쏟아져 들어갔다. 힘을 잃어가던 노란 회오리가 핏빛으로 물들더니 다시 강렬한 기세로 몰아쳤다. 그럴수록 내 손목에서 난 피는 더 빠르게 하늘로 솟구쳐 올랐다. 사냥꾼들은 핏빛 회오리에 휩쓸리며 나뭇잎처럼 떨어져 나갔다. 그자도 회오리바람에 휩쓸려 멀리 튕겨 나갔다.

"또, 그 붉은 안개다!"

김효민이 소리를 질렀다.

"저 애 때문이야!"

그자가 나를 가리키더니 달려들었다. 그때 삼식이가 날카로운 소리를 내며 그자를 막아섰다. 그자는 삼식이를 보더니 더는 다가오지 못하고 뒤로 물러섰다.

"저, 고양이 좀 어떻게 해!"

그자가 사냥꾼들을 향해 소리 지르자, 곧바로 사냥꾼들이 나에게 달려들었다. 삼식이가 펄쩍펄쩍 뛰며 그들과 싸웠다. 사냥꾼들도 빨랐지만 삼식이는 더 빨랐다. 삼식이가 워낙 매섭게 싸웠기 때문에 사냥꾼들은 나에게 접근하지 못했고, 그 사이에 핏빛 회오리는 더 강렬해지면서 사냥꾼들을 초토화시켰다. 그래, 조금만, 조금만 더 이대로 가면…….

"아아아악!"

손목이 잡혔다. 손목에서 지독한 통증이 몰려왔다. 이마에서도 피가 흐르며 강렬한 통증을 불러일으켰다. 고통과 함께 분노가 솟구쳤다.

"그래, 이거야! 네 안에 있는 분노, 그걸 나에게 줘. 저 녀석에게는 어울리지 않아. 너는 나를 닮았다고 했잖아. 너는 곧 나야. 너는 나라고. 하하하!"

그자가 천둥처럼 웃었고, 핏빛 꽃잎은 곧바로 힘을 잃으며 바닥에 떨어졌다. 사냥꾼들은 곧바로 황련에게 달려들어 보랏빛 밧줄로 묶고는, 이상하게 생긴 동상 네 개를 주변에 세웠다. 황련이 붙잡히자 사냥꾼들과 맞서 싸우던 삼식이도 갑자기 힘을 잃고 바닥으로 쓰러졌다. 사냥꾼들은 삼식이 목에도 보랏빛 밧줄을 채웠다.

나는 고통을 이기지 못하고 쓰러졌다.

'이제 어떻게 되는 거지?'

사냥꾼들은 샘물을 겹겹이 둘러싸더니 김현이 알려준 주문을 한꺼번에 외웠다. 그러자 샘물 위에서 황금빛 가루가 쏟아졌다. 잠깐 비가 멈추는 듯하더니 빛나는 새가 하늘에서 옹달샘으로 내려왔다. 예전에 황련과 함께 왔을 때 보았던 황금새였다. 새가 옹달샘 바로 위로 내려오자 사냥꾼들은 보랏빛 밧줄을 일제히 던졌고, 황금새는 반항 한 번 못 하고 붙잡혔다.

"드디어, 드디어 해냈어!"

김효민이 소리를 질렀다.

"드디어, 드디어 내 손으로 해냈어!"

김효민은 주먹을 불끈 쥐고 하늘을 올려다봤다.

"약속은 지켜."

그자가 김효민에게 말했다.

"당연히! 이 샘은 이제 네 거야."

그자는 그 말을 듣자마자 빙그레 웃었다.

"이 아이와 황금새를 데려가. 이제 열쇠가 우리 손에 들어왔으니 그분이 깨어나는 것은 시간문제야."

사냥꾼들이 밧줄을 잡아당기자 황금새와 황련이 힘없이 끌려갔다.

"저 여자애는 어떻게 할까요?"

한 사냥꾼이 김효민에게 물었다.

"나에게 넘겨."

그자가 말했다.

"도대체 저 여자애가 뭐라고……. 좋아, 그리 원한다면 알아서 해."

김효민은 들뜬 듯 발걸음을 빨리했다. 그자는 팔짱을 끼고 사냥꾼들을 지켜봤다. 나는 바닥에 쓰러진 채 내 몸에서 새어 나오는 핏물을 느끼며 두려움에 떨었다.

'할머니 죄송해요. 돕고 싶었지만, 온 힘을 다했지만, 도움이 되지 못했어요.'

눈물인지 빗물인지 모를 물이 눈에서 흘러내렸다.

황련은 무기력하게 끌려갔다. 황금새는 끌려가면서도 날개를 펄럭이며 저항했다. 날개가 일으킨 바람이 내 이마에 닿았다. 그 바람에 오래된 상처가 꿈틀거렸다. 고통과 함께 노란빛이 피어났다.

갑자기 황금새가 몸부림을 쳤다. 사냥꾼들이 보랏빛 밧줄을 잡아당겼지만, 황금새는 강하게 버티며 나에게 달려들었다. 황금빛 눈동자가 내 시야를 가득 채웠다. 눈동자가 익숙했다.

'아, 저 눈동자는……!'

황금새가 부리를 치켜들었다. 부리가 느리게 내 이마로 다가왔다. 시간이 천천히 흘렀다. 과거와 현재가 뒤엉키며 한 점으로 모이자 황금 부리가 이마에 닿았다.

자동차가 빙글빙글 돌아가는 느낌, 이마로 다가오는 날카로운 기운, 일곱 살 때 당한 교통사고, 이마를 때리는 강렬한 충격……. 그래, 맞아. 이 감각은 그때와 똑같아! 그렇다면 자동차 사고로 이마를 다친 게 아니라, 그때 이 새가 내 이마를 쪼았던 거야? 도대체 뭐가 어떻게 된 거지?

나는 본다

09

새롭게 눈을 뜬다.

그리고,

나는 본다.

엄마와 아빠는 늘 나에게 공부만 강요했다. 조금도 쉴 틈을 주지 않고 몰아붙였다. 늘 잘하는 애들과 견줬고, 내가 좋아하는 그림을 그릴 틈조차 주지 않았다. 자기들은 약속해 놓고 어기기를 숱하게 반복하면서, 내가 어쩔 수 없이 한 약속을 조금이라도 어기면 무섭게 나무랐다. 아빠는 더 심했다. 아빠 입에서, 성공과 공부란 말 외에는 들어본 적이 없었다. 아빠는 늘 권위를 앞세우고 내 이야기는 들으려고 하지 않았다.

그나마 친구 관계라도 좋으면 괜찮았을 텐데, 친구 관계도 엉망이었다. 조금 마음을 열면 늘 뒤통수를 쳤고, 같이 어울리는 애들에게 심한 따돌림을 당하기도 했다. 그중에서도 이나은에게 당한 배신이 가장 큰 충격이었다. 나은이 때문에 중학교 2학년은 내게 지옥이었다. 아침이면 눈뜨기 싫었고, 학교 교문은 지옥으로 끌려들어 가는 불구덩이였다. 그런데도 나는 약해 보이기 싫어서 누구에게도 힘들다는 티를 내지 않았다. 겉으로 보기에 나는 말짱했지만 내 영혼은 썩어 들어갔다. 나를 괴롭히는 애들 틈에서 숨 한 번 편히 쉴 수 없었다.

지옥 같은 2학년을 끝내며 나는 지금까지 당했던 일을 다시는 되풀이하지 않겠다고 모질게 다짐했다. 엄마 아빠에게는 조금도 기대하지 않았다. 오로지 내 힘으로 내 앞길을 뚫고 나가겠다고 이를 악물었다.

중학교 3학년이 되면서 나는 완전히 다른 사람이 되었다. 내 약점은 아무에게도 보여주지 않았고, 아무리 고민이 많아도 티 내지 않았다. 도리어 조금이라도 약점이 보이는 애들을 잔인하게 짓밟았다. 나를 배신한 애한테는 당한 만큼 돌려주었다. 나은이는 중학교 3학년 1학기 내내 지옥 같은 시간을 견뎌야만 했다. 1학기밖에 복수하지 못했던 까닭은, 2학기가 되면서 나은이가 학교를 떠났기 때문이다. 끝까지 짓밟아 주어야 했는데 그러지 못해서 아쉬웠다.

나는 거짓말을 알아보는 내 능력을 마구 사용했다. 조금이라도 거짓말이 보이면 까발려서 소문을 내거나, 눈앞에서 모욕을 주었다. 성적을 잘 받기 위해서 경쟁자들을 짓밟았다. 전에는 알량한 배려와 눈치 때문에 치열한 경쟁에 뛰어들지 않았지만, 배려와 눈치를 버리고 나니 아주 가볍게 경쟁자들을 짓밟아 버릴 수 있었다. 성적은 올랐고 엄마 아빠는 그 어느 때보다 기뻐하며 나에게 잘해주었다. 내 잔인함을 칭찬해 준 셈이다. 엄마와 아빠는 만족하지 못하고 더 세게 채찍질을 해댔다. 더 높은 곳을 꿈꾸라고 다그쳤다. 짓밟고 승리하면서 지내니 학교생활이 나름 괜찮았다. 물론 갈등이 없지는 않았다. 여전히 거짓으로 나를 음해하고, 나를 괴롭히는 이들은 존재했다. 다만 옛날처럼 내가 그냥 당하고 있지 않았을 뿐이다. 날마다 피투성이로 전쟁을 치르는 기분이었지만 나름 기쁨을 맛봤다.

그러던 어느 날 밤, 거울 앞에 섰는데 낯선 얼굴이 거울 안에서 나를 노려보았다. 나인데 내가 아니었다. 끔찍한 얼굴이었다. 내가 가장 싫어하는 얼굴이 거울에 나타났다. 친구를 괴롭히고, 배신하고, 힘으로 누르고, 간사하게 거짓말하고, 약점을 잡아 모질게 괴롭히는 못된 괴물이 거기에 있었다. 내가 그토록 증오하는 표정이 그곳에 있었다. 무조건 공부만 잘하기를 바라며 채찍을 휘두르는 엄마 아빠를 닮은 못된 아이가 그 안에 있었다. 세상에서 내가 가장 싫어하는 걸 모두 갖춘 괴물이 거울 안에서 사악하게 웃으며 나를 비웃었다. 끔찍하다는 말로도 모자랐다.

내가 얼마나 잔혹한 인간인지를 깨달았을 때, 내가 그토록 미워하고 싫어하는 사악함이 나를 집어삼켰음을 알았을 때, 나는 더 이상 견딜 수 없었다. 나는 나를 믿을 수 없었다. 내가 나를 배신하다니 그렇게 큰 배신감이 든 적은 없었다. 내가 혐오하던 이들과 내가 같은 인간이라는 사실이 나를 견딜 수 없게 만들었다. 나는 나에게 큰 죄를 저질렀다. 나는 나를 벌줘야 했다. 나는 벌을 받아야만 했다. 그때 나는 손목을 그었다. 사악한 나로 살 수는 없으니까!

내가 손목을 긋고 멍하니 있는 모습을 보고서야 엄마는 내가 정상이 아니라는 걸 알아챘다. 전에는 늘 나를 다그치기만 할 뿐, 내 아픔과 고민에는 작은 마음도 쓰지 않던 엄마였다. 처음에 엄마는 어떻게든 나를 다독이려고 했다. 다시 부지런히 공부하고 학교생활에 충실한, 겉만 착한 아이로 되돌리고 싶어 했다. 그러나 엄마가 아무리 애써도 나는 아무것도 하지 않았다. 다시 괴물이 되고 싶지 않았다. 그때부터 거의 먹지도 움직이지도 않았다. 그러다 죽을 듯 괴로우면 다시 손목을 그었다. 엄마는 어떨 때는 어르고 달랬지만, 어떨 때는 옛날처럼 다그치기도 했다. 아빠는 늘 그랬듯이 권위와 당위를 앞세워 나를 설득하려 들었다.

고등학교에 가기 싫었다. 고등학교에 가서까지 당하고 살기 싫었다. 그렇다고 가해자로 살아갈 수도 없었다. 아마 나는 또다시 내가 가장 싫어하는 사람이 되어 살아가야 할 것이다. 그랬다가는 되돌아올 수 없는 강을 건널지도 모른다는 두려움이 나를 현실에서 끝없이 도망치도록 만들었다. 내가 또다시 괴물이 되어 악마 같은 짓을 저지를지도 모른다는 생각이 들 때마다 몸서리가 쳐졌다.

그런데도 엄마와 아빠는 나를 강제로 고등학교에 집어넣었다. 떠밀려서 고등학교에 갔다. 억지로 갔지만 며칠은 어떻게든 잘 다녀보려고 애썼다. 그러나 힘에 부쳤다. 하루하루가 지옥이었다. 그러던 어느 날, 도저히 견딜 수 없던 어느 날, 학교에서 돌아오자마자 나는 또다시 손목을 그었다. 그 어느 때보다 깊이 그었다. 쏟아지는 피를 보며 나는 울부짖었고, 내 방은 내가 흘린 피로 난장판이 되었다. 그제야 엄마는 나를 놓아주었다. 아니 포기했다는 말이 적절하다. 이대로 가다가는 딸이 죽을지도 모른다는 공포심에 엄마가 굴복한 것이다. 나는 다시 학교에 가지 않았고, 나를 감당하지 못한 엄마는 이모와 상의 끝에 이모 집으로 나를 보내기로 했다.

시간이 느리게 흘렀다. 밧줄에 묶인 황금새가 서서히 멀어졌다. 피투성이가 된 황련이 무기력하게 끌려갔다. 그자가 득의양양한 웃음을 지으며 내게 다가왔다.

구부정한 몸에 검고 주름진 얼굴을 한 노인이 떠올랐다. 온통 고생스러웠으면서도 '고통도 사는 맛'이라 '재미나게 살았다'고 웃던 그 노인이 떠올랐다. 거짓이 아니라는 걸 알면서도 그때는 믿지 못했지만, 어쩌면 그 노인이 한 말이 맞을 수도 있겠다는 생각이 들었다.

나에게는 빛과 어둠이 다 있다. 세상도 그렇다. 낮과 밤이 있듯이.

달빛과 햇빛이 있듯이. 물과 바람이 있듯이, 하늘과 땅이 있듯이, 강과 바다가 있듯이, 산과 들이 있듯이, 나무와 풀이 있듯이, 동물과 식물이 있듯이, 넓음과 좁음이 있듯이 세상은 한 가지로만 움직이지 않는다. 나는 가해자가 되기 싫었다. 그렇다고 피해자가 되기도 싫었다. 내가 한 나쁜 짓은 살아남으려는 몸부림이었다. 나는 멋진 남자와 사귀고 싶었고, 좋은 친구와 우정을 나누고 싶었다. 엄마와 아빠에게 사랑받는 딸이 되고 싶었고, 내가 좋아하는 일을 하며 살고 싶었다. 단지 그뿐이었다. 나는 착한 사람이 아니다. 그렇다고 나쁜 사람도 아니다. 나는 착하면서 나쁘고, 나쁘면서 착하다. 그러니 할머니 말이 맞다. 상처를 지우려 애쓰지 말고 껴안고 살아야 한다.

어둠과 빛이 선명하게 보인다. 그자는, 그자는 다른 존재가 아니다. 그자는 그림자다. 오랜 옛날 황련이 겪은 아픔과 고통이 만들어낸 그림자다. 황련에게는 그림자가 있어야 하고, 그림자에게도 황련이 있어야 한다. 빛과 어둠은 둘이 아니라 하나다.

그래, 맞다. 나는 괴물이 아니었다. 나는 나에게 죄를 짓지 않았다. 나는 그저 어둠과 빛 사이에서 길을 잃고 헤맸을 뿐이다. 그래, 은별아! 너는 괜찮은 애야. 너는 괴물이 아니야. 너는 잘 살아왔어. 너는 애쓰며 살았어. 그냥 그랬을 뿐이야! 은별아, 힘들었지? 너는 잠깐 잘못했을 뿐이야. 이제 안 그러면 돼. 너를 잃지 않으면 돼. 너는 살아남으려다가 잠깐 발을 헛디뎠을 뿐이야!

용서할게, 고은별!
너를 용서해!
나를 용서해!
용서, 용서라는 말이 참 고마웠다.
나를 용서한 내가 참 기특했다.

별가루를 머금은 이슬 한 방울이 내 볼을 타고 흘렀다. 붉은 피를
흘리는 손목에 따스한 바람이 휘감겼다. 삼식이가 부드러운 털로 어
루만지는 듯했다. 왼 손목을 짓누르던 아픔이 아물었다. 그 대신 봄볕
보다 따스한 기운이 이마로 모였다. 옹달샘에 빠졌을 때 내 팔을 어루
만졌던 기운, 바위 문으로 들어섰을 때 나를 감쌌던 그 기운이었다.

빼내서 버리고 싶었던 아픔, 그 아픔이 달리 보인다.
어둠인데 우중충하지 않다.
내 아픔은 나다.
내 상처와 분노도 나다.
드디어 보인다.
나는 나를 본다.
문득 내 안에 깃든 힘을 느낀다.

나는 빛과 어둠이 아니다.

그 둘 모두이며 그 이상이다.

아, 이제 내가 보인다.

내가 선명하게 보인다.

이제 나는 내가 누구인지 안다.

미소년과 그림자도 보인다.

둘이 아니다.

둘은 둘이 아니라 하나다.

빛과 어둠은 둘이 아니라 하나다.

눈앞에 황금빛이 넘실댄다.

세상이 온통 황금빛이다.

다시 회오리가 일어났다.

"이게 뭐야?"

"붙잡아!"

노란빛과 잿빛이 어울린 회오리다. 노란빛과 잿빛은 점점 하나로 뭉치더니 황금빛으로 출렁인다. 자석이 하나가 되듯이 황련과 그림자가 하나로 모인다. 빛과 어둠이 하나가 된다. 순결과 고통이, 희망과 분노가 하나가 된다.

보인다. 황금새가 보인다. 그 새도 하나다. 황련과 그림자와 새는 하나였다. 아니, 이제 하나다. 모든 감각이 사라진다. 모든 게 빨려 들어간다. 황금빛이 폭발하고, 시간이 멈춘다.

"맙소사! 달빛, 저 애에게서 「달빛의 눈」이 열리다니!"
김현이 내지르는 소리가 들린다.

문득 내가 누구인지를 알려주는 목소리가 들린다.
내 안에 잠들었던 '참나'를 깨우는 두드림이다.

너는 본다.
너는 신성(神性)을 본다.
너는 참나가 보인다.
네가 보면,
진실의 문이 열린다.
문이 열리고,
신성이 깨어난다.

갑자기 황금빛이 어떤 존재인지가 보인다. 사냥꾼들 안에 깃든 힘도 보인다. 내가 그 바위 문을 통과할 수 있던 까닭은 내가 바로 문이기 때문이었다.

"저 여자애야. 저 여자애가 「달빛의 눈」이다. 빨리 붙잡아!"

사냥꾼들이 나를 노리고 달려들었다.

그때 황금빛이 펄럭이며 사냥꾼들을 뒤로 잡아당겼다. 김현과 민지와 삼식이와 나는 사냥꾼들과 분리되었다. 강력한 막이 둘러쳐지며 꽃잎이 휘몰아쳤고, 모든 사냥꾼을 한데 가둬버렸다. 사냥꾼들은 방어벽 속에 갇혀 옴짝달싹 못 했다. 사냥꾼들은 방어벽을 파괴하는 주문을 계속 외웠지만 아무런 효능도 나타나지 않았다.

"그 주문은 「달빛의 눈」이 깨어나기 전에만 힘을 발휘해. 이제 주문은 효력이 끝났어. 그 예언서에 실린 그대로야."

김현이 사냥꾼들을 향해 크게 외쳤다.

사냥꾼들을 휘감은 방어벽이 느리게 움직이더니 검은 공간 속으로 빨려 들어갔다.

그때까지도 내 손목에서는 피가 계속 흐르고 있었다. 교통사고로 생긴 상처에서도 피가 흘렀다. 몸 전체가 피범벅이었다. 정신이 혼미해졌다.

"이런, 피를 너무 많이 흘렸네."

황금빛이 나를 안아 들었다. 자궁에 막 잉태됐을 때처럼 포근했다.

"저기!"

김현이 하는 말이 들렸다.

"쉿! 나중에."

황금빛은 나를 들더니 샘으로 사뿐히 들어갔다. 온몸이 황금빛 방울에 잠겼다. 부드럽고 깊은 눈동자가 내 눈앞에 있었다. 나는 그 눈동자 속에서 빛나는 내 눈동자를 봤다. 내 눈동자에 달빛이 가득했다. 황금빛 입술과 내 입술이 겹쳐졌다. 사랑이 영혼을 가득 채우며, 깊은 우물 속으로 침잠해 들어갔다.

다시 세상 속으로

저절로 눈을 떴다. 여전히 환자복을 입고 있었다. 옷을 만졌다. 보송보송했다. 손목을 만졌다. 상처는 없었다. 사고를 당했던 곳도 멀쩡했다. 이마를 만졌다. 신성한 힘이 느껴졌다. 오래된 신성, 「달빛의 눈」이었다.

"세상에, 이게 뭐야?"

이모부가 화들짝 놀라는 소리가 들렸다. 이모부에게서 들어본 적 없는 큰 소리였다.

"여보! 빨리 나와봐."

이모부가 이모를 불렀다.

문이 열리는 소리가 나고, 곧바로 이모에게서도 감탄이 터져 나왔다.

"세상에, 어쩜 이렇게 예쁜 꽃들이……!"

나는 블라인드를 올렸다.

태어나서 이제까지, 어쩌면 이후로도 그런 화려한 정원은 다시 볼 수 없을 것이다. 온갖 화려한 꽃들이 정원에 한가득 피어 있었다. 원래 있던 꽃들만이 아니라 듣도 보도 못한 꽃들이 넘실댔다. 이모와 이모부는 정원 곳곳을 다니며 계속해서 감탄을 쏟아냈다.

"어때? 내 선물이 마음에 들어?"

달콤하고 사랑스러운 목소리가 마음 안에서 울렸다.

어젯밤, 이모와 이모부는 경찰에 신고까지 하며 나를 찾아다녔다. 새벽에 방문을 열어보니 내가 곤히 잠든 채 침대에 누워 있는 모습을 보고 황당했다고 한다. 그런데도 두 분은 내게 무슨 일이 있었는지 묻지 않았다.

그 후 며칠 동안 나는 고민에 고민을 거듭했다. 이모 집에서 보내는 시간이 좋았다. 황련과 더 자주 만나며 많은 이야기를 나누고 싶었다. 그러나 어떤 운명 같은 끌림이 나를 자극했다. 딱히 뭐라고 설명하기는 어렵지만, 다시 세상으로 나가라는 손짓이라는 걸 느낄 수 있었다. 나는 그 끌림에 응하기로 했다.

결심한 날 아침, 밥을 먹으며 두 분에게 내 뜻을 전했다.

"이모, 이모부! 그동안 감사했어요. 저는 이제 돌아갈래요. 돌아갈 때가 됐어요."

두 분은 말리지 않았고, 왜 그런 결정을 내렸는지 꼬치꼬치 캐묻지도 않았다. 그저 내 결정을 존중해 주었고, 힘들면 언제든지 다시 오라고만 했다. 내 곁에 이런 어른들이 계시니 무척 행복했고, 안심이 되었다.

책과 그림과 음악과 삼식이, 그 모두와 어울리며 보낸 시간은 더할 나위 없이 행복했다. 다 좋았지만 삼식이를 보듬어 안고 편안한 의자에 앉아 집 앞에 펼쳐진 풍경을 느긋하게 바라볼 때가 가장 행복했다. 산이 반, 하늘이 반인 풍경은 날마다 시간마다 제 모습을 바꿨는데, 그 미묘한 변화를 알아챌 때마다 자연이 숨겨둔 신비라도 찾아낸 듯 무척 뿌듯했다. 우리는 흔히 식물은 변화가 없고, 동물은 변화가 빠른 줄 알지만 잘못된 생각이다. 식물은 움직임을 포기하고 변화를 택했으며, 동물은 변화를 줄이고 움직임을 택했다. 나무와 풀들이 빚어낸 풍경은 시시각각 다르다. 나무와 구름이 빚어낸 풍경이야말로 가장 아름다운 동영상이요, 그림이다. 이제 나는 그 모든 변화가 보인다. 그 깊은 내면에 자리한 아름다움과 관계가 보인다.

행복과 기쁨이 가득한 시간을 남겨두고 나는 다시 시련 속으로 들어가야만 한다. 그러나 이제 두렵지 않다. 시련에서 우러난 달콤함을 가려낼 힘이 생겼기 때문이다. 내가 나를 지켜낼 힘이 생겼기 때문이다.

다음 날, 이모부가 자동차로 데려다준다고 했지만 거절하고 나 혼자 버스를 탔다. 바쁜 이모부에게 폐 끼치고 싶지 않았다. 버스기사는 친절하게 손님을 맞이했고, 부드럽게 운전했다. 버스는 초록빛 잎이 풍성한 벚나무들 사이를 달렸는데, 나무들이 기묘하게 흔들렸다. 그러더니 때도 아닌데 벚나무에 흰빛이 감돌며 벚꽃이 피었다. 흰빛을 가득 머금은 벚꽃이 제철보다 풍성하게 피어나 신비로운 꽃 동굴을 만들었다. 다른 사람들 눈에는 보이지 않는, 내 눈에만 보이는 풍경이었다. 다시 세상으로 나가는 내게 황련이 건네는 선물이었다.

"괜찮지?"

바로 옆에 있었다.

"벚꽃이 꽤나 풍성하네."

나는 피식 웃었다.

"물어보고 싶은 게 많은데."

내가 말했다.

"차차 알게 될 거야."

황련이 내 손을 잡았다.

"딱 하나만 대답해줘."

"뭐, 하나쯤은."

"왜 나였어?"

"왜 너라니?"

"사고가 났을 때 네가, 그러니까 새 형상이었던 네가 내 이마를 쪼

았잖아. 왜 그랬냐고? 그때부터 너도 나를 인식했다며. 그러니까 빛도 그림자도 다…….”

“그 질문은 잘못됐어.”

“질문이 잘못됐다고?”

“내가 널 선택한 게 아니야.”

“그럼?”

“네가 날 선택한 거지.”

“뭐?”

예상치 못한 대답이었다.

“고통에 몸부림치던 네 영혼이 살기 위해 나를 선택한 거야. 전쟁으로 오빠를 잃은 미순이처럼.”

“미순 할머니와 만났던 기억이 돌아온 거야?”

“그럼, 그 이전 기억들도 다 돌아왔어.”

나는 긴 한숨을 내쉬었다.

“네 말이 맞다고 쳐. 그렇지만 거짓말을 알아보는 능력이 생기고 난 뒤부터 나는 더 고통스럽기만 했어. 거짓말을 보는 능력이 없었더라면 겪지 않아도 될 고통이었어.”

황련이 고개를 저었다.

“아니야. 그 전이 더 아팠어. 네가 모른 척했을 뿐. 아픈 데도 알아채지 못한 고통은 몸뿐 아니라 영혼까지 좀먹어. 이마에 난 상처는 영혼이 겪는 고통을 몸과 마음이 알아채게 했을 뿐이야. 네 안에 깃든 능력은 앞으로도 계속 그럴 거야."

버스는 벚나무 길 끝자락에 이르렀다.

"꽃길도 끝이네."

아쉬움이 진하게 울렸다.

"너는 여전히 이곳을 못 벗어나는 거야?"

"아니, 나는 이제 자유야."

"그럼 나와 같이 가는 거야?"

"아니, 우리는 헤어져야 해. 지금은……."

"앞으로 나는 어떻게 해야 해?"

"네 삶이잖아."

황련이 따뜻하게 웃었다.

나도 안다. 내 삶이니 내가 결정해야 하고, 책임도 내가 져야 한다.
결정과 책임, 참 두려운 낱말이다.

"참, 네 진짜 이름이 뭐야?"

황련을 처음 만났을 때부터 묻고 싶었다.

"넌 나를 뭐라고 불러?"

황련이 되물었다.

"황련."

"정말 나를 황련이라고 불렀어?"

황련이 눈을 크게 뜨며 되물었다.

"왜 그렇게 놀라?"

"아, 아니야. 조금…… 신기해서."

황련은 고개를 갸웃거리더니 다시 부드럽게 웃었다.

"우리 다시 만날 수 있을까?"

"그럼!"

"언제?"

"언제든."

버스가 정류장에 서고, 몇몇 사람이 올라탔다.

버스 문이 닫히고 갑자기 빗방울이 떨어졌다. 빗소리에 끌려 시선을 밖으로 옮기는데, 옆이 허전했다. 나는 빈자리를 확인하지 않았다.

버스는 빗길을 뚫고 달렸다. 정류장에 설 때마다 오르내리는 사람들을 무심히 바라봤다. 비를 뚫고 세상 속으로 버스가 들어갔다. 오거리에서 버스를 갈아타려고 내렸다. 비가 점점 짙어졌다. 그때 두 여자가 나란히 걸으며 내 옆을 지나갔다.

살이 많이 찐 여자는 몸에 안 맞는 교복을 걸쳤는데, 걸음걸이가 몹시 힘겨웠다. 나란히 걷는 여자는 작은 우산을 뚱뚱한 여자에게 씌워주느라 교복이 다 젖었다. 뚱뚱한 여자는 표정이 없었다. 어둠마저 질려서 떠나버린 얼굴이었다. 우산을 든 여자는 안타까움에 어찌할 바를 몰랐다.

「달빛의 눈」이 열렸다. 깊은 아픔과 어둠이 똬리를 튼 채 독기를 발산했다. 독기가 몸뿐 아니라 영혼까지 잠식해 버렸다. 몸부림조차 포기해 버린 영혼이 구해달라고 처절하게 손을 내밀었다. 우산을 든 손이 가냘프게 떨렸다. 그 손을 따라 익숙한 고통이 흘렀다.

「달빛의 눈」이 꿈틀댔다. 신성한 빛이 일어나더니 이마를 뚫고 곧장 날아갔다. 빛은 속사람을 묶은 사슬을 건드렸다. 신성한 꽃씨에 달빛을 비추었다.

조금 뒤,

깜깜한 비가,

온 대기를 뒤덮었다.

※ 달빛소녀 이야기는 2권으로 이어집니다.

청소년 판타지 소설을 펴내며

앙상한 가지에서 새순이 돋고 꽃이 피어오르는 봄을 맞으며 신비로움을 느껴본 적이 있나요? 아침이 되면 어김없이 해가 뜨고, 밤이 되면 달이 제 몸을 바꾸며 나타나는 사건을 보면서 신성함에 감동해본 적이 있나요? 작은 씨알에서 온전한 사람이 태어나는 현상이 참으로 불가사의하지 않나요?

이런 질문을 하면 거의 모든 이들이 해와 달은 천문학으로 설명하고, 봄과 잉태는 생물학으로 분석하려 듭니다. 천문학과 생물학으로 답변하려는 마음가짐 속에 신비와 신성(神性)이 자리할 공간은 없지요. 사람은 신비를 느끼면 경탄과 존경을 표하며 스스로 겸손해지지만, 설명이 가능하다고 확신하면 자신만만해지고 심하면 오만해지기도 합니다. 어쩌면 현대문명에 닥친 위기는 신화를 잃어버린 데서 비롯했는지도 모르겠습니다.

신화에 담긴 본래 의미

과학이라는 막강한 힘을 움켜쥔 현대인들도 자연 앞에 서면 한없이 작아지고, 죽음과 불행을 만나면 어찌할 바를 모릅니다. 현대인들보다 훨씬 힘이 모자랐던 옛사람들은 홍수와 가뭄, 질병과 굶주림에 훨씬 취약했고, 어쩔 수 없는 거대한 힘에 공포를 느꼈습니다. 자연스럽게 "어린 시절 모든 고통과 불안을 막아주는 어머니와 같은 거룩한 존재가 우리를 보살펴주면 얼마나 좋을까?" 하는 바람이 생길 수밖에 없었고, 이러한 바람이 어머니와 같은 신을 떠올리게 했습니다.

불교에서 관음보살, 가톨릭에서 마리아, 중국 신화에서 서왕모, 우리 신화에서 삼신할머니는 모두 어머니 같은 푸근함과 사랑을 지닌 신(神)입니다. 이곳에선 그 이름이 삼신할머니, 그곳에선 서왕모, 저곳에서는 관음보살, 어떤 곳에서는 마리아라는 이름으로 다르게 부르지만, 알맹이는 힘없는 백성을 어머니처럼 보살펴주는 신성(神性)이었습니다. 그래서 조지프 캠벨은 "꿈은 한 사람이 품은 신화요, 신화는 집단이 품은 꿈"이라고 했지요.

고통과 불안에 빠진 옛사람들이 구원받고자 하는 소망을 담은 이야기가 바로 신화입니다. 현대인들도 종교를 통해 구원받고자 하고,

종교가 없으면 이념이나 학문을 통해 고통과 불안을 해소하려 드는데, 그것은 신화를 통해 구원받으려고 한 옛사람들과 동일한 열망에서 비롯합니다. 옛사람이나 현대인들이나 인간은 넘어설 수 없는 한계와 절망에 부닥칠 때 겸손해지고 자신을 구원해 줄 손길을 간절히 바랍니다.

신화는 권력과 윤리를 판단하는 기준이기도 했습니다. 옛사람들이 신화를 통해 권력이 정당하다고 내세웠음은 익히 알려진 사실입니다. 단군과 주몽은 하늘님 혈통임을 내세워 나라를 다스리는 위치에 오르는 정당성을 확보했습니다. 인도 브라만 계급은 신과 인간을 중재하는 자로서 특권을 장악했습니다. 이집트 파라오는 자신을 신이라고 믿게 했으며, 로마 황제는 자신을 신화에 나오는 신들과 동격으로 만들려고 했지요.

권력뿐만 아니라 삶에 대한 성찰도 신화를 통해 이루어졌습니다. 모험과 시련, 신뢰와 배신, 좌절과 성공을 담은 신화는 현대 윤리와 철학, 문학과 사회학에 담긴 내용과 크게 다르지 않습니다. 어떤 면에서는 훨씬 풍성합니다.

이처럼 우리가 옛사람들이 꾸며낸 이야기 정도로 치부하는 신화는, 오늘날 우리가 이룩한 문명을 만든 뿌리이며, 현대문명 속에서 여러 형태로 이어져 왔습니다.

신화를 재창조해야 할 때

오늘날 청소년들은 신화를 게임과 이야기(소설, 영화, 드라마 등)로 소비합니다. 물론 어른들도 꽤나 좋아하지만 청소년들에 비할 바는 아닙니다. 신화에 나올 법한 온갖 능력자들이 게임 캐릭터로 재탄생해 청소년들에게 큰 즐거움을 선사합니다. 신화 이야기는 현실에서는 체험하지 못하는 환상을 통해 기쁨을 선물합니다. 신화를 바탕으로 한 게임과 이야기는 문화를 다양하게 만들며, 거대한 부도 창조합니다.

아쉽게도 청소년들이 즐기는 현대 신화에는 옛 신화와 같은 깊은 통찰이 부족합니다. 심하게 말하면 현실 인간이 갖추지 못한 능력을 지닌 존재들이 자신이 경험하지 못할 모험을 펼쳐줌으로써 대리만족을 줄 뿐이지요. 여러 문화 소비품 가운데 하나, 신선함이 다할 데까지 소비되다 버려지는 일회용품이 바로 요즘 신화입니다.

〈현대 청소년 판타지소설 프로젝트〉는 재미와 함께 신화에 담긴 본래 가치를 회복하려는 목적으로 기획했습니다. 사람과 사회에 대한 통찰과 새로운 세계관, 잃어버린 신비와 '참된 인간성'(신성 神性)을 회복하는 데 작게나마 도움이 되려는 뜻입니다. 소비품이 아니라 두고 두고 음미하는 가치로서 신화를 재창조하고 싶은 크나큰 꿈이 담긴 기획입니다. 솔직히 제 역량에 견줘서 큰 욕심이지만 어쨌든 도전해 보고 싶었습니다.

이 프로젝트는 크게 두 영역으로 나뉩니다. 하나는 현대 청소년들이 겪는 고통과 시련, 청소년을 둘러싼 사회 모순을 신화로 풀어나가는 '달빛소녀' 시리즈입니다. 건강한 정서를 잠식하는 불안, 집착, 무기력, 순응, 분노 같은 심리를 신화로 재해석하여 청소년에게 힘을 주고, 새로운 가능성에 대한 도전을 함께 모색하고자 합니다. 다른 하나는 고대를 배경으로 다른 어느 나라 신화도 아닌 우리 신화를 재해석하고 창조하는 프로젝트입니다. 우리 신화는 신화가 지닌 신비로움을 제대로 표현할 뿐만 아니라 새로운 시대를 이끌 통찰력도 제공합니다. 우리 신화를 재해석하여 참된 인간성을 탐구하는 데 작은 보탬이되고자 합니다.

신비로움을 회복하길 빌며

신비로움은 존재를 귀하게 여기는 자세입니다. 신비로움은 호기심을 일으키고, 경건한 자세로 우리를 이끕니다. 아인슈타인은 "사람으로 겪을 수 있는 가장 아름다운 경험이 신비"라고 하였습니다. 신비로움이 사라진 세상에는 인간성도 없습니다. 신비는 현대인이 시급히 회복해야 할 마음가짐입니다. 사람은 우주에서 티끌과 다름없으며, 여전히 자기 자신이 누군지 잘 모르기 때문입니다.

신화 재창조는 청소년 소설을 쓰는 작가로서 오랫동안 바라던 꿈이었습니다. 드디어 오래된 꿈을 세상에 내놓게 되어 참으로 기쁩니다. 기쁨을 이루도록 도와준 행복한나무 출판사에 고마움을 전합니다. 솔직한 고백으로 저에게 영감을 준 수많은 청소년이 없었다면 이

책도 탄생할 수 없었습니다. 제 꿈은 그들 덕분에 세상에 나왔습니다. 무엇보다 옆에서 끝없이 뮤즈가 되고, 비판자가 되어준 아들 효원과 아내 소풍에게 고마움을 전합니다.

저는 천음(天音)은 늘 우리 곁에 있고, 모든 일은 때맞춰 일어난다 (시우 時雨)는 진리를 은별이 겪은 자동차 사고를 통해 배웠습니다. 은혜로운 인연으로 이야기를 빚을 꽃씨를 주신 하늘님을 참마음으로 모십니다.

때맞춰 내리는 비

時雨